Tiempos de Oro y Muerte
By Jorge Luis Valdes - 2020

TIEMPOS DE ORO Y MUERTE

Indice:

Prólogo

Una nueva andadura de nuestro autor favorito, Jorge Luis Valdes...

Ahora Jorge nos va a transportar, como un viaje en el tiempo, al antiguo Oeste Americano... Caminos polvorientos, salones mugrientos, revólveres humeantes... Todo eso y más queda plasmado por la pluma magistral de Jorge Luis, nuestro autor favorito.

Como siempre, amable lector, disfruta de estos nuevos relatos y no olvides calarte el Stetson, abrocharte la pistolera y, mientras tus espuelas resuenan, disponerte a cabalgar esta nueva lectura...

Juan Francisco Amador

JUGAR O MORIR

una historia del Oeste Americano

Jorge Luis Valdes

San Serafín... un nombre evocador para un pueblo perdido al sur de Arizona, en la frontera con México... Evocaba a desierto polvoriento, a casas de aspecto antiguo, a iglesia del tiempo de los españoles...

Pero los tiempos cambian, y ahora San Serafín, aunque mantenía su iglesia, tenía más casas, más establecimientos, más población... Un pueblo fronterizo de paso, donde se puede encontrar lo mismo una carreta, que un arma, que un ataúd...

Y por supuesto, locales de esparcimiento. Uno de los más famosos del lugar se encontraba en la zona más céntrica del pueblo... Cualquiera que llegaba sabía dónde encontrar tragos baratos, mesas de juego y, por supuesto, chicas hermosas para servir las mesas u otros menesteres...

Las gentes que paraban en ese salón eran de lo más variopinto: lo mismo vaqueros que iban de paso y se gastaban la paga, que algún que otro fugado de la justicia (el dueño del local no hacía preguntas), que gentes que solo querían un baño y habitación para una o más noches...

Y el juego, que entre trago y trago siempre había partidas de póker en alguna de las mesas, entre humo de cigarros y notas del discordante piano del rincón. Algunos ganaban y reían, otros perdían y maldecían...

En el polvo del camino, en el sendero de tierra apisonada que llegaba al pueblo se acercaba el Capitán... le llamaban así porque ese fue su grado en el ejército federal, al acabar la guerra. Aunque ya tenía cierta edad, aún se veía joven y robusto; no se reenganchó al terminar su servicio, sino que prefirió cobrar sus pagas atrasadas y pedir la pensión del ejército... Como en casi todos los ejércitos del mundo, no era mucho, pero el Capitán tenía unos gustos frugales, además de haber sido un gran ahorrador... El ejercicio de las armas se acaba un día y, si sigues vivo y no has sido previsor, puedes acabar en la pobreza...

Si encontraba el lugar adecuado, podría comprar algunos terrenos, buscar algo de ganado y dedicarse a ello... tener un buen rebaño con muchas cabezas y vivir de eso...

Y encontrar una buena mujer, ¿Por qué no? Nunca había tenido una relación estable, y quizás ya era tiempo, antes que las garras de la vejez le atenazaran.

Para no llevar el dinero a cuestas en billetes o moneda muy fraccionaria, había conseguido cambiar sus ahorros a monedas de oro, que las llevaba ocultas en el doble fondo de un hermoso cinturón de cuero repujado que llevaba, donde también colgaba una hermosa pistolera con un Colt del ejército... Un Winchester de repetición iba enfundado en la trasera de la silla, sobre los cuartos traseros de su alazán.

Lo bueno del oro es que abulta menos, porque vale más, y en cualquier Banco podrían cambiárselo otra vez... Eso sin contar con que el precio del oro podría subir, obteniendo por tanto más dinero al cambio...

Calor... el capitán entra bajo el arco de madera de la entrada de San Serafín... derecho sobre su caballo, sus armas reluciendo al sol, desafiando las capas de polvo del camino... Como siempre que llega alguien nuevo, los parroquianos y habituales del pueblo miran estudiando la llegada... unos reparan en sus armas, otro en el polvo que indica días de viaje, algunos escupen el tabaco con desdén. El Capitán ya sabía cómo las gastan las gentes del lugar, porque en todos sitios es lo mismo... años de vivencias le habían hecho sabio respecto al comportamiento humano...

Se acercó al salón y bajó del caballo... amarró las riendas y, con gesto diestro lanzó una moneda al chico que estaba al cuidado de los caballos... tomó la mochila y el rifle y, con pasos firmes, subió los tres escalones... a través de las puertas de vaivén echó un vistazo rápido al interior y, con un leve empujón, entró...

Una cacofonía de risas de ambos sexos, sonidos de vasos, notas de piano, voces fuertes, golpes y pasos asaltó sus oídos... y el olor del alcohol, humanidad, perfumes baratos y otros sin identificar torturaron su olfato.

Con un leve suspiro se acercó a un sitio libre de la barra y dejó la mochila y el rifle a sus pies... El barman, el dueño del local por más señas, se le acercó.

-Buenos días, forastero... ¿Qué desea? -le preguntó mientras limpiaba la barra con un trapo más mugriento aún que la madera que pretendía abrillantar...

-Llámeme Capitán... -pasó la mirada a su alrededor y vio la escalera que daba al piso superior- ¿Tiene habitaciones?

-Por supuesto, Capitán... tienen buena cama, barreño para bañarse, espejo y jofaina para afeitarse y, si lo desea, también compañía... -Repuso con un guiño de inteligencia.

-De acuerdo... y una botella de buen whisky, pero bueno, no matarratas del que sin duda le darás a alguno que esté lo bastante borracho.

Ante el gesto ofendido del barman, suavizó un poco el tono y añadió:

-Bien, pagaré por adelantado el día de hoy, y manda a alguien con agua caliente para bañarme... No sé si me quedaré más de una noche.

-¿Negocios, Capitán? - Añadió el barman mientras rebuscaba una botella de buen whisky.

-Quizás, depende lo que ofrezcan por aquí...

Cogió la llave que le daba el barman mientras le indicaba el número del cuarto al que debía ir, el whisky, su mochila y su rifle y se encaminó a la escalera bajo la atenta mirada de algunos de los parroquianos... Alguno miraba su hermoso cinturón con gesto de comprensión...

Subió las escaleras, encontró su cuarto y entró... Una cama de buen tamaño, una mesita al lado, una palangana con una jarra de latón al lado del espejo de cuerpo entero y un barreño en el otro extremo, de tamaño suficiente para su robusto cuerpo...

No había terminado de soltar sus pertenencias cuando unos golpes sonaron en la puerta... Abrió y se encontró con unos ojos azules que le miraban... Pertenecían a una joven de unos 20 años, hermosa, bien formada, que llevaba unas toallas y una enorme jarra de latón que humeaba...

-Hola, Señor... Aquí le traigo el agua caliente para el baño.

El Capitán estaba perdido en aquellos ojos azules, aquellos labios rojos en forma de corazón y...

-¿Señor? ¿Se encuentra bien?- Una mirada de preocupación.

-Si...Si... Pase, el barreño está ahí...

Se echó a un lado mientras aquella beldad pasaba a su lado... Llevaba ropa escotada, sin duda era alguna de las camareras del local... Se preguntaba si también ofrecía otros "servicios"...

-Señor, ¿Le ayudo? - Ofreció una pícara mirada y una sonrisa.

Acto seguido comenzó a abrirle los botones de su polvorienta camisa... botas, pantalón, calzones... un oscuro y polvoriento montón de ropa se iba amontonando a un lado de la cama...

Entró en el barreño y se sentó mientras la chica derramaba agua caliente sobre él... hacía muchos días que cabalgaba y la roña se le acumulaba por todas partes.

La chica le frotaba y lavaba con movimientos expertos... Mientras el Capitán se relajaba, ella fue a la cama y cogió la botella de whisky y un vaso que había en la mesita de noche, y le sirvió una copa...

La miró de arriba abajo y se decidió por fin:

-Esta tina es lo bastante grande para los dos... Me gustaría que te bañaras conmigo... A ver - Se sentía como un quinceañero, y eso que el Capitán era un hombre de mundo - No es cosa de sexo si no quieres... Podemos charlar y me cuentas de este pueblo y de las gentes de aquí... Pagaré tu tiempo de todos modos...

La chica le lanzó una mirada pícara... y comenzó a quitarse lentamente la ropa... El Capitán la miraba disfrutando del hermoso espectáculo de su desnudez, su cuerpo perfecto y joven y sus senos de buen tamaño...

Se introdujo en la tina con él y siguió restregando su cuerpo... Sus miradas se cruzaron y sus intenciones de "solo un baño" se vinieron abajo... El Capitán se adelantó a los rojos labios de ella, manos ávidas de acariciar y cuerpos ávidos de ser acariciados...

Un rato más tarde, ambos salieron de la tina y se secaron con las toallas... La miró y decidió...

-Esto... Bien, pagaré ahora tu tiempo, a ver...

-Espere, Capitán - le interrumpió ella - El baño entra en el precio de la habitación, el otro servicio, bueno... ha sido muy bueno y cariñoso conmigo, no como esos otros animales de abajo... He sentido placer, me ha dado cariño... A un caballero como usted no puedo cobrarle...

El Capitán se quedó sorprendido; aun así tomó una decisión... Fue a una cartera que llevaba en su chaqueta y sacó unas monedas... 5 dólares, una fortuna teniendo en cuenta el precio de un "servicio" en aquellos tiempos, que sería menos de la mitad...

-Escucha, esto no es un pago por lo que hicimos... tómalo como un regalo, como una propina por traerme el agua y las toallas, ¿De acuerdo?

La chica lo miró con dulzura, tomó el dinero y, de camino a la puerta, al pasar a su lado, le dio un beso en la mejilla...

El Capitán se quedó sorprendido por el gesto cariñoso y, mirándola mientras abría la puerta y se disponía a abrir, preguntó:

-Por cierto... ¿Cómo dijiste que te llamabas?

La chica lo miró con picardía y le dijo mientras salía y se disponía a cerrar la puerta de la habitación:

-No se lo he dicho aun, Capitán...

El Capitán había bebido casi media botella de Whisky y luego se había tumbado en la cama... Horas más tarde, ya entrada la tarde, el jolgorio del Saloon lo había despertado... Se vistió, se puso una chaqueta que había pertenecido a sus tiempos en el ejército y dejó sus armas arriba... quizá se sintió tranquilo en el lugar, o se le olvidó... No lo sabemos...

Se sentó en una mesa, con el resto de la botella, y se dedicó a observar a los presentes... Mucho jugador perdiendo, poco jugador ganando... Le picaba el juego, pero años atrás le hizo una promesa a un teniente con el que tenía cierta amistad, a pesar de la diferencia de rango...

El Teniente hacía como él, ahorrar para poder comprar algún día unas tierras y ganado... De hecho, en uno de sus destinos juntos, habían ido cerca de la frontera de México, y en una cantina perdió todo su dinero en apenas unas horas...años de ahorro se fueron delante de una mesa de póker...

Horas más tarde el Teniente se lamentaba al Capitán mientras compartían una hoguera y café.

-Pero ¿Qué has hecho, hombre?... Años de ahorro tirados...
-Lo sé Capitán, lo sé... Pero el juego me picó y, pensé que a lo mejor podría aumentar mis ahorros.

El Teniente se deshacía en lágrimas... y de repente tomó una decisión:

-Capitán... dentro de poco podré jubilarme, y no tendré nada, solo una exigua pensión... Mejor acabo con todo - Le dijo con una mirada de resolución.

-Escuche, Teniente... La vida es lo único que realmente tenemos y no puedes perderla por dinero... Mire... Lo vamos a hacer, pero con mi dinero. Compraremos un terreno, vacas, lo que sea, y saldremos adelante, juntos... ¿De acuerdo?

El Teniente lo miró con cierta esperanza... Que buen amigo era su Capitán...

-De acuerdo, Capitán... Acepto su ayuda, pero tiene que prometerme algo...

-Dime, Teniente...

-No juegue lo que tan duramente va a ganar...

El Capitán jugaba a veces, no era un vicio, solo a veces por pasar el rato... Aun así, decidió hacerle la promesa a su amigo.

-De acuerdo Teniente, nunca volveré a jugar... tu tampoco deberías hacerlo más, aunque eres bueno... Tuviste hoy una mala racha...

El Teniente le miró fijamente, e hizo un gesto asintiendo... El Capitán, más tranquilo, se levantó a por más café para su amigo... Mientras cogía la cafetera, oyó el sonido inconfundible de un revolver al ser amartillado... Se giró y...

-Capitán, lo siento, no puedo soportar esta pérdida...

Y no dio tiempo a más... El Capitán no pudo hacer ni un gesto... Una fuerte detonación, y la parte posterior de la cabeza del Teniente salió hacia el cielo... su cuerpo se desplomó y sus ojos sin vida le miraban desde el suelo... Todo por unos naipes...

Horas más tarde, tras enterrar a su amigo para evitar que las alimañas le devoraran, se hizo la promesa de no tocar un naipe nunca más...

En esto pensaba el Capitán mientras observaba a las gentes... un leve roce le devolvió a la realidad, la chica que estuvo con él antes estaba a su lado mientras ponía frente a él un plato con un guiso de gallina o pollo o parecido...

-Recupere fuerzas, Capitán, nunca se sabe - le dijo mientras le guiñaba un ojo.

Era agradable esta chica, y joven, guapa... bueno, además de tierras, él también pensaba buscar esposa así que, a pesar de su "profesión"... quizás...

Un coro de risas lo despertó de su ensoñación... Un par de mesas más allá se encontraba uno de los hacendados más ricos de aquellos lugares, jugando al póker y, por lo que se veía, ganando una mano mientras sus adláteres le felicitaban y reían con él.

Era un hombre temido, por sanguinario, pero claro, siempre había algún viajero de paso que, al no saber quién era, jugaba con él... Como era buen jugador, invariablemente ganaba, aunque a veces alguno era bueno y perdía alguna partida... Casualmente, cuando el viajero se marchaba del pueblo, se oían detonaciones a lo lejos y el cadáver aparecía... Sin duda, los "bandidos" le habían robado y matado.

Los del pueblo sabían que no eran "bandidos" los que habían matado al viajero, sino que este Hacendado no soportaba quedar en evidencia, y tenía muchas gentes sin escrúpulos a su servicio... Era un aviso a los jugadores...

El Marshall del lugar estaba siempre pendiente, pero no tenía más que un par de ayudantes, y los hombres al servicio del Hacendado eran muchos... Además, no había pruebas de lo que sucedía, así que le dejaba hacer, pero le observaba, esperando que un día cometiera un error y pudiera pillarlo.

Uno de los adláteres del Hacendado se levantó y se dispuso a salir al exterior, sin duda a la letrina... Se veía que había bebido bastante por la forma de tambalearse... con su paso inseguro se cruzó con la chica del Capitán y con un gesto de impaciencia, la empujó y derribó...

-Aparta de ahí, ramera... - dijo entre dientes, con acento de borrachera...

Una garra poderosa lo cogió del brazo y le hizo girar... Se encontró frente a frente con un bronceado rostro, pétreo, duro... El Capitán...

-Amigo, ¿Por qué no se disculpa con ella?

El hombre le miró de hito en hito y su cerebro regado en alcohol procesaba que aquel desconocido se atreviera siquiera a toser a uno de los hombres del Hacendado...

-Capitán, deje eso, no es nada, solo un accidente, pasa mucho por aquí - decía la chica con miedo mientras se levantaba... No quería que aquellos hombres le hicieran nada al Capitán...

Finalmente, el hombre pudo crear una frase en su mente entre los vapores del alcohol y repuso:

-¿Disculparme yo con esta perra?... Amigo...

Y no pudo decir más... un puño de hierro le lanzo por encima de la mesa sobre unas sillas... Aterrizó en el suelo con dos dientes menos...

Evidentemente, se montó una trifulca: en pocos segundos varios hombres rodearon al Capitán y comenzaron a llover golpes de uno y otro lado, aunque la desventaja era mucha...

Desventaja que quedó más o menos emparejada cuando el Marshall, que había aparecido por la puerta, se sumó a la pelea al lado del Capitán...

El Hacendado miraba la escena mientras veía caer a sus hombres ante los puños de aquellos dos titanes... Lentamente, comenzó a barajar los naipes, observando, estudiando al Capitán... Solo dijo una palabra:

-¡BASTA!

Los hombres que quedaban en pie retrocedieron, y arrastraron a los compañeros que habían quedado inconscientes en el suelo, mientras el Capitán y el Marshall, espalda con espalda, en posición defensiva, miraban y esperaban.

-Caballeros, Caballeros... disculpen los modales de mis gentes. - Decía el Hacendado mientras seguía barajando los naipes.

-Hacendado, -Repuso el Marshall- deje de provocar trifulcas o un día de estos...

-Un día de estos ¿Qué?... Yo no he comenzado ninguna pelea, solo juego al póker... ese caballero ha provocado a uno de mis hombres y, claro, los otros han ido a defenderlo...

El Marshall miró al Hacendado con gesto de impotencia... Mientras, el Capitán miraba retador a los ojos del Hacendado...

-De acuerdo, caballeros... Zanjemos este malentendido... Capitán, ¿Por qué no juega una partida con nosotros? -Dijo el Hacendado mientras con gesto experto, disponía la baraja en la mesa...

El Capitán se quedó mirando la baraja... Recordó a su amigo el Teniente, muerto por el juego...

-No amigo, yo no juego... ni apostando ni sin apostar... No juego nunca...

-Bien dicho, Capitán -Asintió el Marshall.

El Hacendado le miró fijamente a los ojos... recogió la baraja y dijo:

-De acuerdo, Capitán... Quizás otro día podamos solventar este "malentendido, este..."problema"...

Como si hubiera dado una señal, todo volvió a la normalidad: Los parroquianos volvieron a sus mesas y bebidas, el pianista comenzó de nuevo a su desafino musical... y el Marshall dijo:

-Bueno, Capitán... de momento hemos salido de esta... Eso sí, voy a tener que estar con usted hasta que se vaya...

-¿Por qué va a estar conmigo como escolta? No tengo miedo de ese hombre. -Preguntó el Capitán con extrañeza.

-Me temo que usted acaba de comprar un pasaje al infierno... No es raro que alguien que provoque al Hacendado aparezca muerto en un callejón, o a las afueras del pueblo... Créame Capitán, ese hombre es peligroso como un avispero... y usted acaba de molestarle...

En ese momento, el Hacendado comenzó a repartir monedas a las camareras... En especial, le dio una buena propina a la chica que había estado con el Capitán... Con un gesto, la agarró de la muñeca y la sentó en su regazo, mientras con la otra mano comenzó a manosear groseramente sus pechos, mirando fijamente al Capitán, provocando, buscando la respuesta que deseaba...

El Capitán miraba la escena. Con voz ronca preguntó al Marshall:

-Esa chica... Cuando me vaya de aquí, ¿estará segura?

-Capitán, el trabajo de esa chica, bueno... ya sabe cuál es... Eso sí, quizás el Hacendado la tome en consideración porque para usted significa algo... Podría dañarla de alguna manera, no sé... ese hombre es imprevisible...

-Cierto, señores -Dijo otra de las camareras al pasar al lado de ellos- Se cree que posee el pueblo entero... ojalá algún día llegue alguien y le dé su merecido...

El Capitán seguía mirando la escena, y sin decir palabra, subió a su cuarto...

Pasó como una hora y la vida seguía abajo en el Saloon... De repente, alguien miró a las escaleras y calló... dio un golpe a su compañero de mesa para que mirara también... En todas las mesas sucedió algo parecido... Todos fueron enmudeciendo, provocando un silencio sepulcral en el local...

El maestro pianista, miró atrás, extrañado por el silencio y, con unas notas discordantes, silenció su interpretación...

El Marshall, que se había quedado tomando un trago en la barra miró con estupor...

En la parte superior de las escaleras, el Capitán miraba expectante a la sala... Vestía su uniforme completo de Capitán del ejército, con las condecoraciones que había ganado en la guerra, su pistola asomando por el grueso abrigo azul, y el famoso cinturón repujado en la mano...

Bajó las escaleras con paso pausado, y al pasar al lado del Marshall, le guiñó un ojo y le dijo en voz baja:

-Marshall, creo que ese hombre ha comprado un pasaje al infierno...

Con paso lento pero seguro se acercó a la mesa del Hacendado, que se había quedado frío al verle bajar... Los hombres de la mesa bajaron las manos disimuladamente hasta los revólveres, por si acaso...

-Caballeros... -Dijo el Capitán mirando de hito en hito a los compinches del Hacendado- ¿Podrían retirarse y dejarnos jugar una partida solos? Usted y yo, Hacendado...

El Hacendado le miró a los ojos, vio determinación en ellos y, por primera vez en mucho tiempo sintió un resquemor que alguien podría confundir con miedo... Miró a su alrededor, y con un gesto le indicó al Capitán que se sentara...

El Capitán se sentó con calma y puso el cinturón sobre la mesa...el doble fondo estaba abierto, y un montón de monedas de oro se desparramaron sobre la mesa... Era una fortuna en oro...

Los ojos de los parroquianos se abrieron como platos... Incluso el Hacendado suspiró de forma sonora, sorprendido por lo que veía... pero las sorpresas no habían hecho más que comenzar...

Con gesto rápido, el Capitán había desenfundado su revolver aprovechando el estupor de la gente... Cuando todos se dieron cuenta, el revolver ya estaba encima de la mesa... Algunos de los hombres del Hacendado habían desenfundado y amartillado los suyos, por si a ese loco Capitán se le había pasado por la mente comenzar a disparar...

El Marshall pensó: "Diablos, a este hombre no se le habrá ocurrido matar al Hacendado aquí mismo, con toda esta gente mirando..."

La tensión se respiraba en el ambiente... El Capitán miro a su alrededor, y dijo con voz sonora:

-Quietos todos... nadie va a disparar... quietooos... solo quiero jugar con este hombre...

El Hacendado miró al Capitán a los ojos... Comenzaba a estar intranquilo, pero no podía flaquear delante de todo el mundo... Además, si daba la orden de disparar delante del Marshall, se vería en problemas... Con un gesto tranquilizador hizo que sus hombres guardaran sus armas y dejaran la mesa.

El Capitán miró satisfecho e hizo un gesto de asentimiento... Acercó la mano al revolver, lo asió sin apuntar a nadie, como si fuera a cogerlo para guardarlo y, con gesto experto abrió el tambor... Sus dedos se movieron mientras lo hacía girar y las balas comenzaron a caer a la mesa con sonido metálico... Una, dos, tres, cuatro, cinco...

La sexta bala quedó en el tambor...

-¡Un momento! -La voz del Marshall sonó como un trueno- ¡Señores! ¡No quiero líos, ni trampas ni nada de eso! Si van a jugar, jueguen, pero sean caballeros...

-No se preocupe, Marshall, seguro que el Capitán es hombre de honor y no va a hacer trampas - Repuso el Hacendado con una mirada burlona... Comenzaba a volver a sentirse seguro, en su terreno...

El Capitán miraba la escena en silencio...

-Hace algún tiempo hice a un buen amigo mío la promesa de no volver a jugar... Pero romperé mi promesa con usted, Hacendado... Vamos a jugar a un juego nuevo- dijo.

-¿Cuál, Capitán? -Repuso el Hacendado con una nota de interés en su voz.

-Lo primero, necesitamos una baraja nueva, si puede ser.

El dueño del local se acercó a la mesa con una baraja nueva, sin estrenar... No quería que esa partida se desarrollara con cartas usadas o marcadas, no fuera a ser que acabara la cosa en tiroteo y el local destrozado...

-¿Y bien? ¿Qué juego es? -Preguntó el Hacendado mientras el Capitán tomaba las cartas y comenzaba a barajarlas...

-Lo segundo: el dinero... Usted ya está viendo aquí mi apuesta... Diez mil dólares en monedas de oro... ¿Y su dinero? No lo veo en ninguna parte. -El Capitán tenía una mirada socarrona mientras seguía barajando.

Al Hacendado se le encendió el rostro por la humillación: Nadie jamás había puesto en duda su solvencia, de forma que a veces jugaba sin dinero físico en la mesa... Es uno de los hacendados más rico del lugar, su palabra es ley.

-¿Desconfía de mí, Capitán? -Su mirada era de odio.

-No, Hacendado... Sé que es solvente, pero para este juego, el dinero debe estar en la mesa, así que... -El Capitán le miraba con gesto divertido...

El Hacendado se sintió como si le hubieran abofeteado... Con gesto brusco señaló a su hombre de confianza, que entendió... Salió corriendo del local en busca de dinero en efectivo...

En ese lapso de tiempo se corrió la voz de la tremenda apuesta entre el recién llegado Capitán y el Hacendado... la gente comenzó a arremolinarse en los alrededores del local y mucho se apelotonaban en las ventanas, mirando al interior...

Mientras, el Capitán bebía uno tras otro varios vasos de Whisky... Si seguía bebiendo así, perdería facultades, pensaba el Hacendado... Mejor para él...

En estas regresó el hombre de confianza del Hacendado con una bolsa de tela que reveló otros diez mil dólares en billetes y monedas...

-Bien, Capitán, aquí tiene el maldito dinero... ¿Cuál es el juego? -Dijo el Hacendado con un deje de impaciencia en su voz.

El Capitán le miró fijamente y dijo:

-Se llama "Jugar o morir"... Las reglas son sencillas... Juegue al poker, pero si quiere recuperar su dinero perdido, debe dar una vuelta al tambor y dispararse en la cabeza.

-¿¡Que está diciendo!?¿Está usted loco? Dispararse en la cabeza... Oiga, Capitán -El Hacendado no salía de su asombro mientras la gente murmuraba a su alrededor.

-¿Tiene miedo de perder, Hacendado? - Dijo el Capitán mientras seguía barajando - Se dice que usted jamás pierde, así que no tiene nada que temer...

El Hacendado lanzaba rayos por los ojos, pero ahora se veía preso de su fama, de sus palabras y del respeto o miedo (le daba igual) que infundía... No tuvo más remedio que claudicar y aceptar.

Comenzó la partida... No se oía una mosca en el local... los ojos expectantes seguían la partida como si el destino del Universo se dilucidara allí mismo, en el mugriento salón de un pueblo perdido en el Oeste americano...

La primera partida se estaba jugando... se descubrieron las cartas y la mano fue un desastre para el Capitán: La apuesta había ido subiendo poco a poco, y la pérdida fue de tres mil dólares...

El Hacendado reía y los hombres aplaudían su triunfo... Se dedicó a humillar a su rival:

-Capitán, si quiere recuperar su dinero deberá darle un tiento a su revolver... ¿Le parece? ¿O tiene miedo de su propia arma? - La sonrisa de triunfo del Hacendado no le cabía en el rostro.

-No creo... La noche es joven, aún tengo dinero y puede pasar muchas cosas... baraje usted ahora, Hacendado.

La partida se prolongó durante horas... era ya de noche, pero nadie quería abandonar el local ni los alrededores... La partida tan pronto se decantaba por uno que por otro y el dinero cambiaba de manos constantemente... hasta que llegó la gran apuesta.

El Capitán le había ganado diecisiete mil dólares al Hacendado, el cual solo tenía tres mil a su lado... Parece que se cumplía que aquel que sacara la Mano del Muerto tendría mala suerte, y el Hacendado la sacó una de las veces... Se hallaba con los ojos enrojecidos por el alcohol y el tabaco, sudando la gota gorda... y de repente, poseía una mano que haría que el Capitán perdiera, así que con aires de triunfo dijo:

-Capitán... Va todo a esta mano.

-Mmm... solo tiene tres mil dólares para apostar, así que...

-Vamos, Capitán, soy hombre de honor, luego hacemos cuentas... -Repuso el Hacendado, no muy seguro.

-Señor, Usted consintió en jugar de esta forma, así que si quiere más dinero ya sabe lo que debe hacer: Coger el revólver, girar el tambor y dispararse en la sien...

El Hacendado maldijo a los mil demonios y solo pudo jugar los tres mil dólares que tenía... y si la mano era buena, la del Capitán era mejor aún, así que volvió a perder...

El silencio en la sala era absoluto...El Hacendado miró a su alrededor y vio al Banquero tomando un whisky, observando la escena... Le hizo una señal para reclamar su atención y solo dijo una palabra:

-Todo...

Los ojos del Banquero se abrieron de la sorpresa... Sabía que el Hacendado tenía muchas propiedades, pero no una gran cantidad de dinero en metálico... Si mal no recordaba, tenía alrededor de unos veintitrés mil dólares, si su memoria no le engañaba. Tomó un último sorbo de su vaso y fue a su Banco, a retirar efectivo para el Hacendado...

Durante ese tiempo, se sirvió un refrigerio y se tomaron algunas tazas de café... Y en estas, llegó el Banquero y puso el efectivo frente al Hacendado...

-¿Solo esto? ¿No hay más? –Dijo el Hacendado con un deje de estupor.
-Señor, Usted tiene muchas propiedades, pero la última compra de ganado supuso mucho gasto... Después que su hombre de confianza retiró los fondos para los pagos de sueldos e impuestos al gobierno, quedan estos veintitrés mil dólares. –El Banquero temblaba, a ver si el enfado del Hacendado le iba a costar la vida...

El Hacendado miró al Capitán, que sonreía socarronamente y no tuvo más remedio que continuar.

-Diablos, vamos a esa partida, que le voy a ganar hasta el alma.

Y la partida comenzó de nuevo... El dinero volvió a cambiar de manos, y otros cinco mil dólares del Hacendado pasaron al Capitán... Este no sabía ya que pensar, y miraba a sus secuaces, que estaban ojo avizor por si veían al Capitán haciendo trampas, pero no... Simplemente sabía JUGAR.

Y de repente, todo el dinero estaba en la mesa... Y era la hora final, la hora de descubrir cartas...

Lentamente, el Hacendado descubrió una mano de las que hacen época... Si su mente no le engañaba, no era probable que el Capitán le superara... Le miró a los ojos...

Y vio algo: Una mirada angustiada, como de pena... ¡Sí! ¡Sin duda había superado al Capitán! ¡Eso era!

Con una risotada que corearon sus compinches, comenzó a coger los fajos de billetes y...

-Deje eso ahí, Hacendado.

Ni un trueno que hubiera caído ahí mismo hubiera sorprendido al Hacendado de esa manera... y más cuando vio la mano que el Capitán estaba descubriendo en ese momento.

Contra todas las probabilidades, era la única mano que podía ganar a la suya, y el Capitán la tenía...

Era imposible... pero había sucedido.

-Capitán, ¡Eso es imposible! – Dijo mientras daba un sonoro puñetazo en la mesa... Todo el mundo se sobresaltó.

-Es posible, Hacendado... y además, ha perdido todo su dinero, así que abandone la mesa... O coja el revólver, gire el tambor y ya sabe lo que tiene que hacer...

EL Hacendado miraba a su alrededor... Los secuaces agacharon la mirada y comenzaron a disimular... Por primera vez en mucho tiempo, notó que estaba perdiendo el respeto de las gentes... Debía intentar otra estrategia.

-A ver, Capitán, ya sé que no tengo dinero en efectivo ahora, pero seguro que el Banquero, aquí presente, me dará crédito con mi ganado como garantía personal y...

-Le compro su ganado...

El Hacendado parpadeó mientras su cerebro entendía lo que el Capitán quería decir.

-¿Cómo dice? ¿Qué Usted me compra el ganado?

-Sí, Hacendado, se lo compro... tengo dinero... Su dinero. –Repuso mientras tomaba un sorbo de su vaso...

No se lo podía creer... Eso era el colmo de la humillación... Mejor le decía a sus hombres que dejaran a ese mequetrefe y al Marshall como un colador y ya vería lo que hacía...

Miró a su hombre de confianza y... vio una mirada burlona... y otros gestos en sus hombres... Le estaban dejando solo para que él resolviera su propio embrollo.

-Muy bien Capitán, teniendo en cuenta que pagué catorce mil dólares por esas cabezas, yo...

-¿Le va bien quince mil dólares, Hacendado? - Preguntó el Capitán con aires de suficiencia, cortándole a media frase....

Una vena comenzó a hincharse en la sien del Hacendado... enrojeció... y decidió calmarse y seguir el juego... debía continuar hasta que obligara al Capitán a dispararse con su propio revólver, el muy...

-De acuerdo... El Banquero, aquí presente, da fe de esta transacción de palabra, ante medio pueblo aquí de testigos, de que le vendo mi nuevo ganado por quince mil dólares... así que continuemos...

Y la partida continuó, aunque el Hacendado jugó de forma más prudente... Aun así, mientras avanzaba la noche y llegaba de nuevo la mañana, las apuestas fueron haciéndose más osadas y, una vez más, el Hacendado fue perdiendo su dinero.

Finalmente, todo el dinero estaba en manos del Capitán... Los primeros diez mil, luego otros quince mil... El Hacendado se estaba arruinando, y su mirada ya denotaba una gran inseguridad, y mucho miedo.

Y volvió a repetirse la escena: De nuevo necesitaba dinero para la gran apuesta...

-Capitán, va todo...

-¿Todo? No veo más efectivo aquí... todo el dinero lo tengo yo... Usted no tiene nada... Bueno, si quiere cinco mil dólares, arriésguese con el revólver...

Todos los lugareños miraban la escena... Muchos no habían ido ni a su casa a dormir, sino que habían continuado la noche entera bebida tras bebida... y ahora iban a ver el desenlace...

-Capitán... tengo mi rancho y las tierras que lo circundan... su valor aproximado son unos treinta y cinco mil dólares... Justo su dinero... ¿Vamos? -El Hacendado se lo jugaba todo a una carta...

El Capitán le miró... En el fondo le daba pena el tipo ese... todo gordo y henchido de ínfulas pero en el fondo un desgraciado que sin su dinero ni sus secuaces no era nada... Cualquier borrachín de los que allí pululaban tenía más nobleza que él...

-De acuerdo- Repuso el Capitán- Quedan el Marshall y el Banquero como testigos de la transacción, y el pueblo como testigo de la partida.

Los hombres del Hacendado se habían ido yendo de su lado discretamente... conforme bajaba el dinero del Hacendado, así iban desapareciendo sus hombres... Al comenzar este lance, se hallaba solo, quizás por primera vez en muuucho tiempo.

Las cartas volaron sobre la mesa... Se cambiaron... Miradas preocupadas... una gota de sudor en una frente, una vena hinchada en un cuello... y, finalmente...

Las cartas se volvieron lentamente... Y la mano del Hacendado era de nuevo alta... La mano del Capitán era casi idéntica, solo faltaba una carta por levantar y de ello dependía todo.

Y la carta se levantó... Un As... la diferencia entre una escalera de color y una escalera real... El Capitán había ganado...

Un coro de voces aullantes se levantó por el local, la gente gritaba y reía, y palmeaban al Capitán, que miraba fijamente a los ojos del Hacendado...

Este no daba crédito a lo que había sucedido... No era posible... Gruesas gotas de sudor resbalaban por su frente mientras la pomada de su pelo se derretía y caía sobre el ya mugriento cuello de la camisa...

-Un momento...

No se oía nada, la gente seguía riendo y gritando.

-¡¡UN MOMENTO!! -y un fuerte puñetazo en la mesa, que volcó un par de vasos y una botella...

El silencio se hizo... El Hacendado se había levantado y miraba con ojos febriles al Capitán...

-Eh Capitán, ¿Qué hay del revólver? - La desesperación se leía en su rostro.
-¿Quiere arriesgarse, Hacendado?... De acuerdo, ya sabe cómo va, un disparo a la sien y le devolveré cinco mil dólares, a menos que no se atreva...
-Escuche, Capitán del demonio, yo me atrevo a esto y más...

Y sin mediar palabra cogió el revólver, hizo girar el tambor y...

El tambor giraba eternamente, parecía que nunca iba a pararse, como las trayectorias de los planetas en el Universo...

Un par de segundos más tarde, paró... El dedo del Hacendado apretó ligeramente el gatillo y el revólver se amartilló... el percutor levantado, como esperando a efectuar su golpe mortal...

Con una mirada de odio al Capitán, el Hacendado puso el revólver en su sien, cerró los ojos y apretó...

¡¡CLICK!!

No había bala en esa posición...

El suspiro general fue audible... Los ojos del Hacendado se abrieron, mirando con incredulidad a su alrededor...

El Capitán le miraba... en el fondo, tenía que reconocer que el Hacendado era un tipo con los pantalones bien puestos... poca gente había que hiciera ese juego que le enseño aquel ruso loco frente a una mesa de ruleta hacía tanto tiempo en aquel pueblo cuyo nombre ya ni recordaba... Con un gesto de asentimiento, separó cinco mil dólares y se los lanzó al Hacendado...

-De acuerdo, ha ganado el juego del revólver... cinco mil dólares para usted...
-Juguemos otra vez...

Todo el mundo se quedó en silencio otra vez... miradas de incredulidad...

-Hacendado, ha demostrado su valor, así que ahí tiene esos cinco mil dólares... Coja un caballo y márchese, con ese dinero podrá volver a comenzar de nuevo, y...
-Maldito mequetrefe, ¿Me está diciendo lo que debo hacer? -Dijo el Hacendado con frialdad- he dicho que

juguemos otra vez, y esta vez al doble, diez mil dólares...

El Capitán miró al Marshall... al Banquero... a la chica... a los parroquianos del lugar... Estaba claro que era su decisión, porque le podía más el orgullo que su seguridad personal... Por eso el Hacendado quería volver a arriesgarse...

-De acuerdo, ahí tiene el revólver otra vez...

El Hacendado tomó el arma... giró el tambor... y un velo rojo le cegó, el odio... La maldad... Odio... Odio...

El tambor paró... Cogió el revólver y, apuntando al Capitán, apretó el gatillo...

¡¡CLICK!!
¡¡CLICK!!
¡¡CLICK!!

No podía ser... Ese maldito Capitán tenía la suerte de su lado... disparó otra vez...

¡¡CLICK!!

Se paró en seco y miró a su alrededor... Los había pillado por sorpresa a todos, pero ahora ya estaban preparados... El Marshall había desenfundado... el Cantinero tenía una escopeta de cañones recortados apuntándole... y alguno más...

-Caballero, ese no era el juego... -Dijo el Capitán con total tranquilidad....

El Hacendado no se lo podía creer, había disparado cuatro veces, y nada... quedaban dos disparos en esa vuelta, y una de las cámaras tenía una bala...

-Caballero, el juego era que se disparara a la sien, no que me disparara a mí... -El Capitán tomó un sorbo de su vaso y miró fijamente al Hacendado...

Lentamente tocó el gatillo y, ante la mirada de todos, y el temor de que volviera a disparar al Capitán, algunos espectadores amartillaron sus revólveres... Ya no era el Hacendado por todos temido... ahora si intentaba algo más, le dispararían...

-Capitán, ¿Que se cree...? ¿Que no tengo valor? Una posibilidad entre dos de ganar diez mil dólares... soy jugador, y nunca pierdo...

Y colocó el cañón en la sien, miró despectivamente al Capitán antes de cerrar los ojos y apretó el gatillo...

La sonora detonación arrancó media cabeza al Hacendado, salpicando de sangre y sesos la mesa...

El cuerpo se derrumbó con estrépito arrastrando las sillas...

Poco a poco un murmullo se fue levantando entre los asistentes... Era increíble... El odiado Hacendado se había volado la tapa de los sesos...

El Capitán tomó las riendas de la situación... Se levantó y con voz estentórea dijo...

-Que alguien saque este cadáver y lo lleve a enterrar... y, cantinero, una ronda para todos, pago yo...

El Marshall se le acercó...

-Diantre, sí que ha tenido suerte... Bueno, espero que los problemas del pueblo hayan acabado...
-Seguro que sí, Marshall...

En ese momento, el Capitán sintió unos brazos suaves que lo abrazaban por detrás... Era la chica que había estado en su habitación...

-Capitán, por un momento temí que muriera aquí, en este pueblo...

El Capitán se giró, la cogió por la cintura, y la miró a los ojos...

-Soy un hueso duro de roer, no se preocupe, señorita... Me queda mucho aún...
-Bueno, Capitán... Podría quedarse por aquí... y quizás yo podría ayudarle de alguna forma... -Le miró con coquetería a los ojos- Ahora es un hombre rico, necesitará una cocinera, o alguien que le limpie ese chaquetón del ejército que lleva...
-Señorita, nada más me complacería que poder establecer alguna relación con usted –La miraba a los ojos, a los labios... Demonios, esa chica se le había metido debajo de la piel...

-Ejem, ejem... -Alguien carraspeaba a su lado... El Banquero.

Ambos se volvieron, aun abrazados, hacia aquel hombrecillo...

-Capitán, como ya sabe, soy el Banquero de este pueblo... Le recuerdo que en nuestro establecimiento podrá depositar esa fortuna que ha ganado, con un buen interés y...

-Sí, sí, de acuerdo, ya sé... -El Capitán no tenía ahora tiempo para temas comerciales, y más con aquella belleza en sus brazos...

-Además, esas tierras, casa y ganado que ha ganado en el juego podrían ser tasadas... Quizás haya algún comprador interesado, e incluso quizás el mismo Banco...

El Capitán se quedó un momento en silencio... A sus ahorros en oro y lo que le había ganado al Hacendado había que sumar tierras, casa y ganado... Una fortuna cuando lo vendiera...

¿Vender? ¿Acaso él no había venido justamente para comprar unas tierras y algunas cabezas de ganado? Ya los tenía... Se volvió hacia el banquero...

-Banquero, creo que me quedare con las tierras y el ganado... y me estableceré en la casa... Este pueblo tiene muchas posibilidades para alguien como yo...

La chica se quedó pasmada... El Capitán se quedaba allí... y seguro que ella con él... Le sonrió y le dijo...

-Entonces ¿Se queda, Capitán?
-Pues... si... Tengo ganado y tierras y una casa que seguro que será enorme... a ver como la lleno... Me pregunto... ¿Vendrá a verme, Señorita?

La chica le miró fijamente a los ojos, se alzó de puntillas y puso un delicado beso en los labios del Capitán...

-Claro que iré a verle, Capitán, y si se hace de noche, seguro que habrá un cuarto para mí en esa enorme casa... -Bajó lo ojos, quizás preocupada de haber ido tan rápido...

-Seguro que lo habrá... Por cierto... ¿Cómo dijiste que te llamabas?

La chica lo miró sonriente, y dijo:

-No se lo he dicho aún, Capitán...

Jorge Luis Valdes

MANOS RAPIDAS

un relato del Far West

Jorge Luis Valdes

Hay zonas en lo que hoy es Washington que antaño eran muy boscosas... crecían enorme árboles que eran las delicias de los leñadores, puesto que la madera era un bien necesario para la construcción de aquellos pueblos que los pioneros iban creando a lo largo y ancho de todo el territorio conocido hoy como Estados Unidos...

Y en aquellos bosques vivía Willy el leñador... alto y fornido, con una musculatura desarrollada por los años de dar hachazos, vivía en una cabaña que compartía con su joven esposa Rosy y su hijo pequeño Tommy, que a la sazón contaba con 10 años de edad en la época donde se desarrolla esta acción...

Aquella mañana solo se oían los acompasados golpes del hacha en el tronco de uno de aquellos árboles y el canto de algunos pájaros... Instantes después, con un gran ruido, el tronco cayó...

Acto seguido, se dedicó a quitar las ramas también con su hacha... fueron cayendo una a una y el tronco quedó desbastado... Era grande, pero no tan enorme como para no ser arrastrado hasta el aserradero del pueblo, donde le pagarían bien por él. Aun así, decidió perder un par de horas más cortándolo por el medio aprovechando que tenía una parte bastante más estrecha... alguna rama se había desgajado por culpa de alguna tormenta, y de ahí no saldrían tablones, sino leña... Podría volver mañana por el resto.

Una vez cortado lo aprovechable, le aplicó unos garfios con cadenas y las ciñó a sus dos mulas... El aserradero no estaba muy lejos, y las mulas eran fuertes, en un par de horas estaría allí...

Al cabo de un rato llegó a las afueras del pueblo, donde el aserradero... En esos días había mucho movimiento, porque había ciertos rumores en el pueblo, algo sobre una expedición al Oeste que tenía noticias interesantes... Entre el alboroto, Willy iba a lo suyo y no se metía en nada.

En el aserradero se aglomeraban algunos comerciantes, alrededor de una gaceta muy manoseada... Tom, el dueño del aserradero, levantó la vista, y vio a Willy.

-Eh Willy, mira... ¿Te has enterado? - gritó con voz rasposa.

-No... ¿De qué?

-Oro, chico, oro... han encontrado oro en California, mira -golpeaba con un dedo la página de la gaceta- aquí lo dice.

Willy se acercó entre el bullicio, y leyó por encima del hombro de uno de los parroquianos... Era cierto, había una veta por California, y era oro de mucha pureza.

-Cierto... Una gran veta... pero mira, Tom... Me va bien aquí, no necesito más que mi buen hacha y mi familia. - Willy era una persona prudente, poco dada a la aventura.

-Vale chico, ya sabemos que no te metes en líos... Pero yo me voy... Lo vendo todo y me largo al Oeste, y volveré con oro hasta para cubrir las hojas de las sierras. - Dijo Tony entre un coro de risotadas de los que le oían...

Willy le miró... su amigo se iba al Oeste... no podía hacer más que desearle buena suerte, dejarle el tronco en la parte de atrás del aserradero y cobrar lo estipulado... Willy se preguntaba cuantas más personas del pueblo se marcharían buscando ese oro...

A la salida del aserradero tropezó con alguien... un golpe en el hombro, y miró al suelo... Al caballero que tropezó con él se le había caído una de esas gacetas... Infructuosamente miró frente a él por si veía al dueño del periódico, así que con un encogimiento de hombros, se subió en una de sus mulas y, tirando del ronzal de la otra, fue a la salida del pueblo y puso rumbo a su cabaña...

Por el camino, que las mulas lo sabían de memoria y no necesitaban guía, se puso a ojear la noticia del oro... la curiosidad le estaba picando... Se preguntaba cuanto sería real y cuanto sería exageración... Comenzó en el ánimo de Willy una comezón por la aventura del oro de California.

Llegó a su cabaña, cerca de una de las zonas boscosas, y oyó a su hijo llamándolo... Vio a su mujer en la puerta de la casa y, con una sonrisa satisfecha, saludó con la mano mientras se acercaba al establo a dejar allí las mulas, quitarles los arreos y darles algo de comer y beber... sus mulas también eran como sus herramientas, y como tales, debían ser cuidadas correctamente...

Minutos más tarde entró en su cabaña... un olor a un rico guiso le dio en la cara, y un torbellino en forma de niño revoloteaba a su alrededor.

-Tommy, Tommy... ¿te has lavado las manos?
-Si papá, y ayudé a mamá a poner la mesa.
-Eh, Willy, cariño... que te quedas sin cenar, estamos hambrientos.

Una sonrisa iluminó su rostro al ver a su mujer... aunque su trabajo era duro, se sentía feliz por la familia que tenía, por su trabajo... No necesitaba más...

Mientras cenaba, Willy leyó a su mujer la noticia de la mina de oro...

-Mira Rosy, esta es la ruta al Oeste... Fíjate que hasta Tom va a vender todo y va a ir.

-Willy... ¿Tú crees que será verdad? -Preguntaba Rosy en tono dubitativo.

-Bueno... no sé... La gaceta lo dice, que hay mucho oro... Quizás...

Rosy le miraba fijamente... Comenzaba a intuir donde iba a parar la conversación.

-Rosy... ¿Deberíamos ir también nosotros? -Preguntó Willy con un deje de nerviosismo en su voz.

Rosy le miró... bajó los ojos, suspiró y...

-Escucha, cariño... No somos ricos, pero nos va bien aquí... Eres el mejor leñador de estos alrededores, el más rápido sirviendo pedidos... tienes clientes fijos: el del aserradero, el constructor de carretas... y tenemos un hijo que va a ser un hombre bueno como tú...

Hizo una pausa, mientras Willy la miraba expectante.

-Willy... no necesitamos ir de aventuras, pero si quieres hacerlo, bueno... Soy tu esposa y siempre te apoyaré, e iremos donde quieras...

Se levantaron de la mesa casi al mismo tiempo, y se dieron un fuerte abrazo... Se querían, y se apoyaban...

Esa noche, cuando Willy apagó el quinqué cerca de la cama, tardó un buen rato en dormirse mientras oía la acompasada respiración de Rosy a su lado... su mente estaba enfrascada en futuros planes...

Esa semana no se habló más del tema, y Willy encontró unos árboles muy interesantes que le darían buenos troncos de la longitud adecuada para venderla bien... Así que decidió llevarla toda de golpe, para lo cual tuvo hasta que pedirle prestada un par de mulas a su vecino el irlandés... con cuatro mulas y un carromato, pudo hacer un gran cargamento, y enfiló al pueblo...

El pueblo... Aquello parecía un desierto... La Fiebre del Oro había calado y muchas gentes se habían marchado, incluyendo el dueño del aserradero... Así que tuvo que ir a sus otros clientes por si querían la madera... Con menos gentes, había menos pedidos de todo, así que no tuvo más remedio que venderla a un precio menor para quitársela de encima y poder coger algo de dinero al menos...

Cuando llegó a casa, Rosy vio su triste semblante y no tuvo más remedio que preguntarle.

-Willy... ¿Y esa cara? ¿Qué te pasa? Dime...
-Rosy, amor... El pueblo está muy vacío... tuve que vender la madera al Viejo Ronson y a precio mucho más bajo... todos se han ido o van a hacerlo, por culpa de la Fiebre del Oro...
-Willy, no te apenes, verás como todo sale bien.
-No Rosy... Tom al menos nos pagaba bien, pero si tenemos que depender del Viejo Ronson, nos moriremos de hambre...

Willy se sentó en su silla... Rosy le miró apenada y se volvió a sus ollas para servir la cena... El pequeño Tommy jugaba en el suelo con el periódico que trajo Willy días antes... Algunas páginas estaban extendidas en el suelo de la cabaña... El titular le dio de repente en la cara...

"Súmate a la aventura del oro... Sé millonario en el Oeste con la Montaña de Oro".

Dibujos alegóricos se sucedían en la página...

-Rosy...

Ella se volvió, atareada con sus cazuelas... vio algo en los ojos de su marido: Una mirada de esperanza, pero a la vez de súplica.

-¿Qué te parecería que nos fuéramos al Oeste, por el oro? Es buena idea, ¿No? - Parecía que necesitaba la aprobación de Rosy, a pesar de que estaba casi decidido.

-Willy... Si crees que es mejor para nosotros, adelante... Vámonos y comencemos en otro lugar.

Willy se levantó y abrazó a su mujer con una sonrisa en los labios... comenzó unos pasos de baile mientras Tommy los miraba extasiados.

-De acuerdo, mañana iré al pueblo a ver si consigo vender la propiedad y nos marchamos.

Al otro día Willy bajó al pueblo con las escrituras de la casa y el terreno... Comenzó su peregrinaje en el Banco, intentando que le compraran el terreno, pero fue en vano: Ya había exceso de propiedades para comprar y a precios bajos.

Es lo que tiene el exceso de mercado: Los compradores ofrecen precios bajos, y los vendedores tienen prisa por vender y acaban malvendiendo... La época de la Fiebre del Oro en USA fue una época de pura especulación con los precios...

Tras una serie de gestiones infructuosas, al final consiguió vender a un agente que se dedicaba a comprar propiedades a bajo precio... No tuvo más remedio que claudicar y desprenderse de su propiedad a un precio inferior al que pagó en su momento al Banco cuando la compró.

Aun así, pudo comprar provisiones y salazones para el camino, que iba a ser largo... y peligroso, no olvidemos los posibles bandidos, pumas, lobos, osos y lo peor: los indios. El hombre blanco se dedicaba sistemáticamente a invadir sus territorios y no cumplir los tratados establecidos, así que siempre estaban dispuestos a defenderse de posibles atacantes... aunque fueran simples familias que iban con una carreta a buscarse la vida.

En un par de días había preparado su carreta para el viaje, dado de comer bien a sus mulas, colocadas todas las provisiones, comprada munición para su rifle y, sobretodo, lo más importante: Hablar con otras personas del pueblo que también se iban, para viajar juntos por mejor defensa en caso de peligro, y con un mismo guía que conociera bien el camino. Todo estaba ya dispuesto para la aventura.

Los caravaneros pagaron al guía, se dispuso el día de la partida y... esa mañana, la larga caravana salió del pueblo, dejándolo aún más vacío.

Fue un viaje largo y algo accidentado, y solo hubo que lamentar una baja, y fue el viejo Martin, de unas fiebres. Ni ataques de bandidos o de indios... Eso sí, varios carros perdieron las ruedas o los ejes, algunos animales murieron, algún puma u oso pardo se acercó en demasía a la caravana y hubo que disparar... Todo ello retrasaba el viaje, y parecía que nunca iban a llegar a su destino. Los meses se sucedían, y todos querían llegar antes del invierno.

También hubo que lamentar algunas enfermedades por la falta de verduras frescas y el exceso de salazones... El mal de los barcos, pero en tierra.

Unos meses más tarde, la caravana, maltrecha pero sin ninguna baja más, avistaba las tierras donde manaba el oro (según se decía).

Una vez montado el campamento, llegó el momento de ir a buscar a quien vendía las parcelas de terreno... Había zonas de río, donde había que filtrar el agua con palanganas metálicas, y zonas mineras donde había que excavar galerías.

También algunos terratenientes alquilaban parte de sus parcelas en propiedad, por un porcentaje del oro obtenido o bien por cantidad fija... La Fiebre del Oro había creado muchas formas de aprovechar la tierra.

Willy pasó parte del día buscando propiedades, hablando con terratenientes, también con algunos de los mineros que ya estaban establecidos. La conclusión era que ya quedaban menos parcelas libres y la gente que iba llegando esperaba bastante tiempo su oportunidad.

Sin embargo Willy tuvo suerte: Una de las veces contactó con un tipo que tenía una parcela con una mina ya excavada que estaba muy cerca de la orilla del rio... El tal tipo ya estaba harto de cavar y cavar y, si bien había obtenido ganancias, lo duro del trabajo, la competencia con los precios de venta del oro y otras cosas le habían hartado... solo deseaba librarse del terreno, que alguien le pagara por él y dedicarse a otras cosas. Decían que en el Norte se encontraban las mejores pieles de toda América y, como era cosa de cazar, lo prefería a perforar la tierra.

El precio era elevado, y la tierra ya había sido explorada, lo que podría provocar que la mina ya estuviera agotada, pero... Estaba cerca del río, podría plantar un huerto... y había árboles que cortar.

-Escuche, Sr. Simons, no me importa, quiero esa tierra, pero... -Decía Willy mirando al tipo.
-...pero es cara, lo sé, pague mucho por ella... y pudiera ser que la mina estuviera agotada... ¿No es eso? –Preguntó el tal Simons.

Willy veía como se le escapaba la oportunidad de las manos... Por otra parte, a Simons le había caído bien Willy, y además estaba loco por perder de vista todo lo que tuviera que ver con minas, excavaciones y demás.

-Sr. Simons... ¿Podría darme facilidades de pago? Puedo pagar una parte ahora, y más adelante el resto.

La tarde fue cayendo mientras Willy y el Sr. Simons negociaba... Al final, le hizo una pequeña rebaja del precio y consintió en cobrar una parte del precio en varias cuotas a lo largo de los dos siguientes años... El contrato se redactó y se firmó, quedando depositado en las oficinas del negociado del pueblo.

Esa noche Willy y su familia ya la pasaron en su tierra, con todas las cosas desempacadas y durmiendo bajo unas lonas en una improvisada "cabaña".

Al día siguiente, ayudado por Tommy, cortó un par de árboles cercanos y se dispuso a prepararlos como puntales de su futura casa... era un trabajo arduo al no tener herramientas grandes, pero con sus sierras, garlopas y otras, en una semana tenía ya la estructura básica... eso sí, cubierta por lonas, el tejado era aún algo hipotético.

Pasada la primera semana y con los puntales puestos y varios troncos esperando para convertirse en tablones o lo que sea, Willy y el pequeño Tommy bajaron a la mina.

La galería no era muy ancha, pero era profunda... En pocos minutos habían bajado una cota de unos 12 metros en diagonal... Un poco más adelante la galería terminaba bruscamente: La mina era más pequeña de lo que habían creído.

A pesar del fresco, una gota de sudor cayó de la frente de Willy: Sospechaba que Simons no había sido tan honrado como parecía y en realidad, la galería estaba agotada... o nunca hubo oro.

Aun así, guiándose por las marcas de pico en la pared que indicaba que habían cavado por ella, comenzó a cavar un rato... El pico caía desprendiendo trozos de la pared, la pala sacaba montones de tierra y piedras del suelo...

Así durante dos días, en los que nada salió. La cara de Willy tenía un rictus de desesperación, a pesar de lo cual su mujer nada le decía, pues no quería que acabara hundido... y Tommy, bueno, Tommy disfrutaba de la aventura.

Justamente, en uno de los momentos en los que Willy salía con un cesto de piedras para dejarlo en el exterior y revisarlo más tarde, nuestro héroe Tommy imaginaba ser el minero más famoso del lugar... cogió el pico de su padre, que apenas podía levantarlo... y perdió el equilibrio, cayendo al suelo y golpeando en la pared con la punta.

Una chispa dorada cayó al suelo... En la oscuridad, Tommy había visto ese destello... se acercó, cogió el trozo caído y...

Una veta amarillenta brillaba en la piedra, y en la pared donde faltaba ese trozo desprendido... Refulgía en la mano... Sin más dilación, salió corriendo llamando a su padre para enseñarle la piedra.

En la boca de la mina estaba Willy y también Rosy... la expresión de ambos, así como su tono de voz, era triste.

-Rosy, querida... esto no funciona, creo que Simons nos estafó... Aquí solo hay piedras, pero nada de oro.

-Willy, no te preocupes aún, quizás debas cavar más profundo. -Rosy intentaba contener la desesperación de su marido, aunque en su fuero interno sabía que probablemente lo mejor fuera volver a casa.

En estas, oyeron a Tommy y ambos le vieron de salir de la cueva con expresión de total alegría.

-Anda, ahí está el minero más famoso de todo el oeste... Oye, Tommy... ¿Que te parecería volver a casa? –Preguntó Willy dando un tono como de juego a la pregunta.

Tommy abrió mucho los ojos... volver a casa... pero, ¿Por qué? Si había oro... entonces se acercó a su padre y le dijo:

-Papá, no podemos volver y dejar aquí el oro. – Y mientras, dejó la piedra en las manos de Willy.

Los ojos de Willy se abrieron de par en par al ver la veta amarillenta, sus manos temblaban... No era posible... Miró a Rosy.

Rosy tenía la misma expresión de asombro, y unas lágrimas de felicidad deslizándose por las mejillas. Sin decirse palabra, al unísono, los tres se abrazaron, llorando de la emoción... Tenían una mina de oro...

Trabajaron sin descanso durante dos días con sus noches... Rosy salía y preparaba algo para cenar mientras Willy seguía cavando y Tommy hacía lo que podía ayudando a sus padres...

Los troncos que había cortado para convertirlos en paredes de su cabaña acabaron como puntales para evitar desprendimientos debido a la nueva excavación...

Pasados unos días, tenían varios sacos de piedras con vetas de oro y muchas otras piedras de oro puro... era el momento de eliminar impurezas y escorias y comenzar a buscar el oro puro de mayor valor, para poder venderlo.

Para comenzar, colocaban las piedras en fragmentos medianos en unos cuencos metálicos y, a base de martillazos, se molían y quedaba un montón de piedra pulverizada... mezclada con el oro.

La suerte de Willy era que aquella veta casi toda era oro, y no tanta piedra como cabría de esperar... Era increíble la cantidad de amarillo que se veía mezclado con la piedra... de esa forma, tendrían que trabajar menos en separar el oro del resto de materiales.

Esa "gravilla" se pasaba por sucesivos baños de agua mediante bateas, en las cuales las partículas más pesadas (el oro) iba quedando en el fondo de la batea mientras que las piedrecillas y el barro resultante se eliminaba... Los tres pasaban horas y horas agitando las bateas y separando el oro del resto de piedra...

Por supuesto que podrían haber utilizado el método del mercurio, más rápido, pero Willy sabía de lo venenoso que es el mercurio y el cloruro de cianuro, y con Tommy cerca... Los niños son propensos a los accidentes, y no quería arriesgarse.

Así que el trabajo quedó establecido de esa forma: Willy cavaba y sacaba sacos, apuntalaba las paredes, y mientras Rosy y Tommy bateaban... Poco a poco, una serie de saquitos iban amontonándose en un escondite en el suelo del esqueleto de la cabaña...

Un mes más tarde Willy compró una lingotera de tamaño grande, unas tenazas y un vaso de fundición, y esa noche, sin descanso, salieron media docena de lingotes de oro, no muy finamente acabados pero, era oro al fin y al cabo...

Todos los lingotes acabaron en el escondite del suelo excepto uno, que Willy llevaría al pueblo a venderlo a los especuladores de oro.

A la mañana siguiente los tres salieron hacia el pueblo, concretamente en dirección al Banco... En sus pesquisas se había enterado que ese banquero también compraba oro, así que prefería fiarse mejor del banco que de cualquier especulador que a lo único que venía era a comprar y revender, llevándose la comisión más alta posible a costa de los pobres que pasaban media vida bateando piedras...

Entraron por la puerta y se acercaron a uno de los mostradores, preguntando por el gerente... el chupatintas de turno lo miró cansinamente de arriba abajo (otro pobretón a pedir un préstamo, y viene con toda la familia, Santo Dios...) y con un gesto señaló una puerta frente a las ventanillas de pago...

Willy fue a pegar a la puerta, cuando esta se abrió y el director del banco salió... quedaron mirándose...

-Joven, ¿Qué desea? –Preguntó el banquero mirando a Willy por encima de sus antiparras.
-Disculpe señor, solo quería saber el precio de la onza de oro... para vender, ya sabe...

El director le miró cansinamente... Otra familia que trae dos onzas de polvo y se creen que son ricos, pensó con desdén.

-Joven, depende si lo trae en piedra, en polvo o en lingotes... a ver, ¿Qué trae usted?

Willy era educado, pero no soportaba esos aires de grandeza de aquellos chupatintas... con un gesto abrió su mochila, sacó el lingote con esfuerzo y lo arrojó con un sonido metálico encima de la mesa del tipo aquel que les atendió antes.

Fue como si el tiempo se hubiera detenido... al sonido metálico muchos volvieron la cabeza y vieron aquel lingote, de un amarillo muuuuy limpio y puro, y de un tamaño mayor que el de los lingotes normales...

Los ojos del banquero parecía que se iban a salir de sus órbitas... Increíble, un oro de gran pureza, al menos al primer golpe de vista, en lingote ya fundido y refinado... Se repuso en un instante, carraspeó y se dirigió a Willy.

-Disculpe caballero... Aquí hay muchos ojos pendientes de todo... No atraigamos la atención, coja su lingote y pasen. -Les dijo mientras les abría la puerta del despacho y les invitaba a pasar.

Efectivamente, en todas partes hay "oteadores"... personas que vigilan, buscan, y si encuentran lo que les han encargado, dan el "soplo" y reciben su propina.

En este caso, un tipo de aspecto patibulario y una amplia cicatriz de cuchillo en la mejilla derecha se encontraba haciendo cola para intentar negociar la venta de un par de onzas de oro en polvo, pero... en realidad sus ojos efectuaban un baile por todo el recinto, buscando a gentes que llevaran bastante oro ya que, sin duda, tendrían más escondido.

Su patrón era uno de los bandidos más buscados por la zona, ya que a pesar de su juventud, apenas 25 años, ya había robado y matado a varias personas... Parecía saber siempre quien tenía oro escondido, llegaba, torturaba o hería hasta dar con el escondrijo, robaba y se marchaba sin dejar nadie vivo.

El nombre del oteador era... qué más da, le decían Coyote, y ahora miraba a través de una ventana del despacho como Willy y su familia hacía negocios...

Tras el pesaje, Willy se quedó frio... si bien un lingote normal podría pesar 12 kilos y tener un valor de unos 3000 dólares, aquel extraño lingote alargado pesaba casi 16 y suponía alrededor de 4000... y tenía varios lingotes más...

En un momento, Willy fue consciente de la suerte que había tenido con aquella veta, y que eran ricos...

De su ensoñación le sacó el director del banco.

-Joven... ¿Tiene más lingotes como este? Es de una calidad excelente...

-Si –Repuso Willy – tengo cinco más guardados.
-Está bien, pero... -El director se quitó las antiparras y se dispuso a limpiarlas – Para poder negociar con oro, el tamaño debe ser el mismo, normalizado... ya sabe, el peso de 12.4 kilogramos.

Willy se quedó desconcertado... sus lingotes tenían tamaño distinto... ¿y ahora?

-A ver... haremos lo siguiente –Dijo el director mientras garabateaba algo en un papel- Vaya a esta dirección del pueblo y pregunte de mi parte... le venderán una lingotera de la medida adecuada, e incluso le podrán forjar un sello para estampar su marca... Refunda los lingotes, que apenas le producirá merma, y traiga lingotes normalizados.

-Bien, señor director, y... entonces... ¿Qué hacemos con este? –Repuso Willy con algo de miedo, mientras recogía el papel que le entregaba el director...

El director miró a Willy... le caía bien ese chico, humilde, tranquilo, no como aquellos patanes borrachos que se daban ínfulas porque habían encontrado dos onzas de más piedra que oro...

-Pues... le compraré este lingote por el valor estipulado, o bien podrá almacenarlo en nuestras cajas fuertes a razón de un 1% de su valor mensual... en cualquier caso, le haré una carta de crédito para que pueda comprar en los almacenes del pueblo ya que, evidentemente, es usted solvente...

Momentos más tarde, Willy y Rosy habían dado sus datos para sendas cartas de crédito... Del dinero pagado por el banco se quedaron con 500 en efectivo para hacer compras necesarias, mientras el resto fue a parar a una cuenta...

Todo ese trasiego de papeles, dinero y demás fue seguido por Coyote... sin duda, tenía una presa que vender a su patrón...

Para Willy, Rosy y Tommy el resto del día fue una fiesta... compraron algo de ropa nueva, tanto de trabajo como para ir a la iglesia el domingo, y cosas necesarias para su casa... el problema es que se les hizo muy tarde y...

Willy se había dado cuenta de que había visto al mismo tipo tres o cuatro veces a lo largo de la tarde... quizá les siguiera... Mejor volver al otro día, y esa noche hospedarse en uno de los moteles que, milagrosamente, tenía una habitación libre...

Tras dejar sus cosas y acostar a Tommy al cuidado de Rosy, Willy bajó a la cantina del motel... La típica cantina de parroquianos bebiendo, fumando y jugando, alguna camarera de ropa ligera y un mostrador con poca limpieza...

Lo vio... El tipo que les había seguido estaba tomando un whisky en una mesa. Willy se hizo el remolón, se acercó a la barra y pidió otro vaso de aquel brebaje que el cantinero llamaba "Whisky"... sin duda lo destilaba en la parte de atrás a base de patata o sabe dios qué...

Con el vaso en la mano se acercó a la mesa del tipo aquel.

-Hola amigo...

El tipo dio un respingo... no lo había visto de bajar y de repente veía a su presa hablándole... ese tipo tenía arrestos, ya lo creo.

-Hola... ¿Qué deseas... amigo? – dijo con tono burlón.

Willy lo miró a los ojos y se sentó en la otra silla.

-Nada... le he visto antes por el pueblo y, bueno, mejor una cara conocida para no beber solo. –Willy aguantaba el tipo bien.

-Sí, creo que también le vi antes... iba con una mujer y un niño, ¿no? – Repuso Coyote mientras daba un sorbo a su bebida.

-Sí, son mi familia... Hemos venido buscando oro.

-Como todos, amigo, como todos... ¿Y qué tal se le ha dado? -Indagó Coyote.

-Mal... después de varios meses de trabajo, solo hemos sacado un lingote, así que lo llevé al banco, y no sé qué hacer ahora... -Willy comenzó a quitarle importancia a sus beneficios...

Coyote entornó los ojos... ese cuento de "me va mal, solo saqué un poco de oro" ya lo conocía. Era la excusa que ponían cuando su jefe torturaba a alguno para que cantaran donde tenían el escondrijo...

-En resumidas cuentas, amigo - Continuó Willy con su fingida explicación- Esto del oro puede resultar en pérdida si no tienes suerte.

Willy confiaba en quitarle las ganas a ese tipejo de que les siguiera o lo que fuera que estaba haciendo, pero Coyote sabía que había mordido una presa, y haciendo honor a su nombre, cuando mordía, no soltaba.

-Bueno, amigo, quizás deba dedicarse a otra cosa. -Se levantó, apuró su vaso y se despidió- Gracias por la compañía, y salude a su familia de mi parte.

Coyote echó a andar hacia la salida, seguido de la mirada de Willy... no era tonto, sabía que no le había convencido... debería tener más cuidado y estar ojo avizor...

A la mañana siguiente salieron de la habitación y caminaron en dirección al almacén... Willy no había pegado ojo en toda la noche, pero necesitaba un par de cosas más...

Un rato más tarde, con un Winchester de repetición, una caja de cartuchos y unos kilos de dinamita y mechas para hacer voladuras recién comprados, enfilaron al establo donde habían dejado las mulas y el carromato, cargaron todo y regresaron a su parcela...

Mientras, una sombra los iba siguiendo... Coyote tenia sangre india mezclada en sus venas, y como tal, era un buen explorador y sabía moverse por el terreno sin ser descubierto... sus ojos habían visto la mina y la cabaña... era hora de informar a su jefe...

Los días siguientes fueron bastante difíciles: el final de la galería estaba formado por una losa de piedra bastante dura, de manera que la única forma de poder continuar era con la dinamita... La había comprado para poder ahondar más fácilmente, pero ahora les serviría para eliminar la losa. Decidieron dejarlo para mañana, ya que era tarde y ya comenzaba a oscurecer...

Esa misma oscuridad servía para ocultar a la partida de bandidos que iban camino de las tierras de Willy... Coyote les guiaba aunque debían solventar ciertas dificultades...

El campamento de los bandidos estaba muy alejado del pueblo, como un par de días de camino, y además estaban cerca de unas tierras en las que habían sido vistos indios... si bien los Tratados con el Hombre Blanco los había alejado de la zona, algunos jóvenes no aceptaban el verse expulsados de sus antiguas tierras, y a veces hacían partidas de caza, que eran vistos por los mineros y las gentes que iban de paso, de manera que aquellas eran "tierras de indios"...

Por eso caminaban solo de día, ya que la noche les podría jugar una mala pasada...

Por la mañana, desde una colina cercana, la partida de bandidos espiaba la mina y la cabaña... vieron salir a Willy con sus herramientas y un saco... No podían saber que en él llevaba una serie de cartuchos de dinamita y varias mechas.

Willy se encaminó a la mina, descendió hasta el final y dejó el saco y las herramientas... un momento, olvidé el pedernal y el chispero para encender... Willy retrocedió, salió de la galería hacia la luz y...

Un culatazo en la sien, que lo sintió como si le hubiera explotado la cabeza, le dejó inconsciente.

-Jefe, ya está volviendo en sí...

Los ojos se negaban a abrirse, la cabeza parecía que iba a explotar... consiguió despegar los párpados y mirar al frente.

Unos tipos de aspecto facineroso sujetaban a Rosy y Tommy, que lloraban y suplicaban... y un rostro con unos ojos azules muy claros le miraban muy de cerca...

-Vaya, vaya... así que estos son los nuevos ricos del oro... - Ojos Azules le miraba con interés...
Si, Peter, son estos... -Coyote le miraba fijamente con una peculiar sonrisa lobuna.

-Bien... Tú, minero... ¿Dónde está el oro?

Willy intentaba ordenar sus pensamientos mientras veía a su aterrorizada familia... Consiguió hilvanar una frase...

-Solo había un lingote, que vendí al Banco...

Una nueva explosión de dolor en su mejilla derecha... sintió el crujir de los huesos... La culata de un Winchester es muy dura...

-¡No me hagas perder el tiempo! -Peter, el cabecilla de ojos azules acercó sus rostro a una pulgada de Willy- Escucha, me vas a decir dónde está el oro, o ellos lo van a pasar muy mal.

Una señal imperceptible a sus hombres, y uno de ellos cogió a Rosy del pelo y la derribó... otro intentó coger a Tommy, pero éste fue muy rápido y se escapó corriendo entre los matorrales que rodeaban la finca.

Una lluvia de golpes cayó sobre Willy para que dijera donde escondía los lingotes... Peter mandó a un par de hombres a la casa para que la pusieran patas arriba y encontraran el botín, y a otro par de hombres a buscar a Tommy... un niño en peligro es la mejor forma de hacer "cantar" a alguien lo que sabe...

Tommy se escabulló entre los matorrales, arbustos y todo lo que pudiera ocultarlo... Desde su escondrijo, ya fuera del campo de visión de los bandidos, veía como aquellos otros dos que le buscaban se iban acercando poco a poco... ¿Y sus padres? ¿Estarían bien? ¿Debería haberse quedado con ellos en vez de huir?... Estos eran los pensamientos de Tommy mientras veía acercarse a los dos tipos.

Se oyó una especie de zumbido, como de un insecto grande... y una flecha atravesó el cuello de uno de ellos de parte a parte... el otro bandido abrió unos ojos como platos... y no pudo decir nada... Otro zumbido y la punta de una flecha asomó entre sus dientes...

Mientras, continuaba el calvario de Willy... en la casa no habían encontrado nada y los dos tarados que fueron detrás del chico no volvían, así que Peter comenzó a practicar su deporte favorito: La tortura.

Varios cortes aplicados al pecho desnudo de Willy le arrancaron gritos de dolor, pero se mantuvo firme... entonces Peter cambió de estrategia.

-Estos tipos son muy duros, conozco a los de su ralea, ¿eh, Coyote?... Pero seguro se ablanda cuando haga lo mismo son su mujer y él lo vea...

Y se acercó a la aterrorizada Rosy, con el cuchillo preparado para dejarle marcas imborrables.

-Espera...

Peter se paró en seco, y volvió su rostro hacia él...

-¿Vas a decirme donde está el oro? ¿O prefieres que le haga un buen "afeitado" a tu mujer? - Las risotadas de los bandidos corearon su ocurrencia.

-Si... Te diré dónde está el oro, pero antes... Por favor... Dame un tabaco - Farfullaba entre dientes.

Peter no daba crédito... Un tabaco... Bueno, si decía donde andaba el oro, que se fumara una plantación entera si le apetecía.

-De acuerdo, minero, y te daré uno de los míos, especiales... Pero si me engañas, verás lo que queda de tu mujer y tu hijo antes de que acabe contigo. - Dijo mientras sacaba unos tabacos de una pitillera y le ofrecía uno a Willy.

Rosy se quedó mirando la escena... Willy no fumaba... De repente fue consciente que no le vería nunca más, pues ya imaginaba lo que iba a hacer.

Willy miró a Rosy mientras tomaba el tabaco de manos del bandido... Era tan guapa... pero ya no la vería nunca más.

Con un empujón, Willy entró en la mina seguido de varios de los hombres de Peter, y avanzaron por la galería... el humo azulado del tabaco de Willy hacía volutas rizadas mientras se acercaban al final del túnel.

Simultáneamente, Tommy había visto como los dos bandidos que le buscaban habían sido muertos a flechazos... no había nadie... nada... Dejando su miedo de lado, salió de su escondrijo, se asomó por entre las rocas y vio a lo lejos a su padre entrar en la mina seguido de varios bandidos... Era la última vez que le veía...

Habían llegado al final de la mina... Willy se volvió:

-Cavad ahí debajo y llevaos el maldito oro- No pudo decir más, otro culatazo le derribó... Desde el suelo vio como los cuatro bandidos cogían palas y herramientas y comenzaban a cavar... y vio algo más, lo que estaba buscando: un saco que había llevado esta mañana.

Se arrastró lentamente hacia el saco, lo abrió y cogió un cartucho entre sus dedos... Acercó el tabaco a la mecha y vio como las chispas prendían en la mecha... Se llevaría por delante a unos cuantos, entre ellos el maldito Coyote, que estaba con una pala cavando con furia.

Coyote olió algo a quemado, se giró y... ¡ese maldito minero con un cartucho! De un salto se abalanzó sobre Willy, y ambos forcejearon.

Coyote era ducho en la pelea, y con una serie de golpes contundentes, casi mata a Willy... con un último resto de energía, éste lanzó el cartucho que cayó, ya con la mecha casi consumida, en medio de los otros tres hombres que cavaban... todos abrieron los ojos de sorpresa y temor...

La explosión despedazó a los tres, y derribó los últimos travesaños que Willy aún no había asegurado correctamente... enormes piedras y cascotes cayeron sobre Willy y Coyote, enterrándolos y dándoles apenas tiempo para pensar.

Coyote no entendía como un minero del tres al cuarto había conseguido matarle.

Willy sintió pesar por dejar sola a Rosy y a su hijo... quizás debería haberles dado el oro... pero ya era tarde para eso.

Desde la boca de la mina se oyó la tremenda explosión, y una nube de polvo envolvió a Peter, Rosy y los dos hombres que le quedaban.

Un gemido gutural, casi animal, escapó de la garganta de Rosy... Su marido había muerto, aunque al menos se había llevado por delante a aquellos cuatro asesinos...

Peter miraba la mina, y veía como el polvo se iba asentando... Hombre práctico, tomo las riendas de la situación.

-Vamos, id adentro y ved que pasa- Sus hombres entraron a la mina con cuidado...

Pasados unos minutos, salieron cubiertos de polvo.

-Peter, ahí no queda nada, todo se vino abajo... Y el techo cruje demasiado... Es peligroso cavar.

Peter miraba la mina, sus hombres, Rosy... No había nada que hacer, aquel maldito minero le había ganado la partida, aunque les había dejado un "regalo".

-De acuerdo, chicos... Esta vez no hay oro, pero... hace varias semanas que no tenemos una mujer, y el minero nos ha regalado una -dijo con una sonrisa lasciva.

Rosy vio como tres pares de ojos la miraban con hambre... no tuvo duda de lo que le esperaba, que no sería tan delicado ni amoroso como era Willy.

Desde su puesto de observación, Tommy veía la escena... vio como aquellos animales violaban a su madre repetidamente, vio como la pegaban... También vio como la amarraron de pies y manos y la metieron en la mina... vio sus rostros, que quedaron grabados en su mente para siempre y, finalmente, vio como montaban en sus caballos y comenzaban a buscar a sus otros dos compañeros... y a él mismo.

Lo que Tommy no pudo ver es que al entrar a su madre al interior de la galería, habían colocado un cartucho con una mecha lenta para poder derrumbar la mina eliminando de paso al testigo, a Rosy.

Willy bajó de su atalaya y se acercó a la mina... entró llamando a su madre y...

Como por un gigantesco puñetazo, Tommy fue despedido fuera de la mina por la onda expansiva de la explosión... Su piel fue lacerada, sus ropas arrancadas y con el conocimiento perdido, rodó entre las rocas... sin duda, era carne para los buitres.

Mientras huían de la escena y oían la tremenda explosión, Peter y sus dos hombres encontraron los cadáveres de los otros dos que habían ido en busca del niño... las flechas no mentían: estaban en "tierras de indios"... Seguramente se habrían llevado al niño también para esclavizarlo o algo peor, así que picaron espuelas y con un furioso galope se alejaron de allí.

Había varios testigos de estas escenas: Los indios que habían matado a los dos bandidos que seguían a Tommy.

Eran cinco jóvenes, haciendo sus primeras correrías, escapando de la reserva que estaba a dos o tres días de camino... y se habían topado con aquel "problema" entre hombres blancos... No era cosa de ellos, que se matasen si querían.

Pero uno de aquellos indios había visto como perseguían al niño, y eso no le pareció bien... su puntería era legendaria entre su pueblo, y quedó demostrado matando a aquellos dos tipos.

Sus compañeros estaban perplejos: ¿Por qué se metía en ese lío? iban de caza, no haciendo emboscadas a los blancos... y en esa discusión estaban cuando oyeron la explosión... volvieron la vista atrás y vieron el cuerpo de Tommy salir despedido desmadejado como un muñeco roto.

Un niño... no podía dejarlo allí, herido... y tampoco los cadáveres de los dos bandidos, para que los blancos los encontraran y llamaran a los Cuchillos Largos.

Recogieron a Tommy y lo envolvieron en una manta, cogieron los cuerpos de los bandidos y los metieron en la mina. Una vez acabado todo y borrados los rastros, tomaron el camino de la reserva.

Un par de días más tarde, los cinco indios y el maltrecho Tommy llegaron a la reserva... Un montón de tippys alrededor de varias hogueras, una especie de corral para los caballos, zonas para curtir pieles... una versión en miniatura de lo que antaño habían sido los grandes campamentos de los lakotas... y a la entrada a la zona, una cabaña para el Agente de Asuntos Indios que, como siempre, nunca estaba... solo venía un par de veces al año para ver que todo iba bien.

El jefe de la aldea, con un tocado de plumas de la época de las grandes batallas entre tribus abroncó a los cinco jóvenes: primero por salir de la reserva y acercarse tanto a los poblados blancos, y segundo por traer a uno de ellos al campamento... y encima un niño.

Tras oír las explicaciones pertinentes, el jefe, que atendía al nombre de Mato-Tanka (Oso Grande), llamó al chamán para que viera al chico y le curara.

El chamán cuido durante muchos días a Tommy... Sus manos era lo peor, que estaban casi despellejadas de la explosión y haber caído sobre ellas en el terreno pedregoso... la alta fiebre le tenía postrado, y los bebedizos y cánticos se sucedían día tras día.

Al cabo de un par de semanas Tommy mejoró físicamente... pero su mente se encontraba aún en los momentos previos a la explosión: su madre, los bandidos con aquellos rostros que jamás olvidaría, su padre fumando por primera y última vez en su vida...

Oso Grande se acercó al tippy del chamán, a ver el progreso de Tommy... indudablemente, estaba mejor, pero sus ojos eran vacuos, vacíos... Se sentó a su lado, recordó el poco inglés aprendido a la fuerza para poder negociar con los Hombre Blancos, y lentamente, con esfuerzo, le habló:

-Wikaya-Skayela (Pluma Blanca)... ¿oyes a mí?

Tommy seguía en blanco, pero... oía algo en su idioma... sus labios se fruncieron levemente. Oso Grande notó el cambio, y lentamente, siguió hablando.

-Pluma Blanca, tu oyes a mi... sabemos pasó con familia... jóvenes contaron.

Una lágrima se deslizó por la mejilla de Tommy... esa voz tan cálida en su idioma... y recordó otra vez lo sucedido.

-Pluma Blanca... Familia ya con espíritus, pero tú aquí... - Oso Grande hizo una pausa... debía intentar transmitir lo que quería decirle con el poco inglés que sabía.

-Oye a mí... Ellos ya con espíritus, pero siguen en cabeza de tú... deben ir... tu deja marchar con espíritus... tu aquí mucho tiempo...

Dejarlos ir... Tommy oía, y entendía... nunca volverían, seguirían en sus recuerdos, pero... debía continuar y dejarlos ir.

De repente, la expresión de Tommy se hizo intensa, parpadeó... miro a Oso Grande... y de golpe, todo el dolor, toda la tristeza, todo, se fundió en un mar de lágrimas... se abrazó a un sorprendido Oso Grande y, poco a poco, se desahogó entre sollozos.

---

9 años más tarde...

La vida seguía en la reserva... Oso Grande cumplía escrupulosamente las normas de los Hombres Blancos, así que su pueblo, a diferencia de otros poblados, jamás tuvo un problema.

Tommy, ahora conocido como Pluma Blanca, había crecido... aprendido el idioma lakota, a cazar, a montar, a disparar con arco y flechas... en fin, todo lo que un indio necesitaba para vivir... Era feliz en aquellas tierras, a pesar de que la mayoría del poblado le evitara por ser un Blanco, y su larga cabellera rubia era lo primero que se veía cuando volvía a caballo de alguna cacería.

Aun así, tenía varios amigos, compañeros de correrías y aprendizaje... y no olvidemos a la única hija de Oso Grande, Wimimá (Luna Llena), una bella jovencita que, a pesar de ser su "hermana", tenía cierto coqueteo... cosas de jóvenes, pero no había llegado a mayores.

Ese día, Oso Grande se sentía mal... era un buen Jefe, y le había tomado cariño a ese niño blanco que un día apareció casi muerto, pero... no era lakota... en el fondo era un blanco aindiado... debía hablar con él.

Se acercó a él mientras desmontaba y pasaba las dos presas que había cazado a unas mujeres, y le habló.

-Pluma Blanca, buena cacería hoy.
-Padre, buena cacería hoy para la tribu.
-Escucha... - titubeó- debemos hablar de algo importante... Pasa a mi tienda.

Se acercaron al tippy, entraron y se sentaron entre mullidas pieles... La mujer de Oso Grande había muerto hacía algunos años, pero la forma en que curtía las pieles era legendaria, y la prueba estaba allí mismo.

-Escúchame, Pluma Blanca... Eres un gran cazador, un buen rastreador, y has sido un hijo para mí desde que llegaste.

Tommy (o Pluma Blanca, como quiera el lector) escuchaba atentamente con respeto, no solo como padre, sino como Jefe... las palabras le hizo recordar tiempos pasados, la mina, sus padres... su barbilla tembló, pero, con el estoicismo típico de los lakotas, se repuso y siguió escuchando.

-Ya no eres un niño, sino todo un hombre, un guerrero que debe estar a punto ya de elegir esposa, pero... -No sabía cómo expresar lo que iba a decir- pero en realidad no eres uno de los nuestros.

Ya estaba dicho... si bien Pluma Blanca era como un hijo para él, el resto del poblado siempre le había mirado de forma distinta, pues era un Hombre Blanco. Oso Grande ya era mayor, y algún día se iría al mundo de los espíritus... el jefe que le sucediera quizá no fuera benévolo con Pluma Blanca.

Por su parte, Tommy (o Pluma Blanca, a elegir) intuía el por qué: Era un Hombre Blanco, y realmente nunca había terminado de encajar bien en el poblado, a pesar de los esfuerzos y el cariño de Oso Grande.

El jefe le miraba con cariño, y con un deje de preocupación.

-¿Entiendes? En verdad no eres de aquí, no eres de los nuestros... Soy el jefe y han tenido que aceptarte, pero... soy mayor y los espíritus me reclamarán pronto... Otro jefe podría no quererte aquí.

Pluma Blanca oía la disertación de Oso Grande con una mezcla de incredulidad y pena... pero en el fondo sabía que era verdad...Sabía de historias de otros aindiados en otros pueblos, que habían sido despreciados y hasta heridos... el pueblo lakota era orgulloso de su raza, y él no pertenecía a ella.

-Padre, lo entiendo... Debo irme, buscar a los Blancos y ser uno de ellos... Tengo recuerdos de cuando era pequeño, de... - Dejo de hablar cuando la imagen de una explosión en una mina le vino a la mente.

-Recuerdos de un hombre y una mujer a los que llamaba papá y mamá. - Una lágrima se deslizó por su mejilla.

Oso Grande le miraba como se mira a un hijo que debe hacer un largo viaje, solo que sabía que no volvería a verlo... Pero antes, le haría un regalo digno del hijo de un jefe lakota.

-Hijo... tengo algo para ti, para cuando te marches... algo que te protegerá de las maldades de otros Blancos.

Oso Grande fue a un rincón del tippy, rebusco entre varias bolsas de piel y extrajo algo envuelto en una piel de lobo... Le tendió el paquete a Pluma Blanca.

Cuando éste apartó la piel, dejó al descubierto dos magníficos revólveres Colt de culatas de nácar perlado, y un cinto con pistoleras de cuero repujado y brillantes balas en la canana.

Pluma Blanca miró a Oso Grande con sorpresa... no sabía que guardaba aquello. Se dispuso a preguntar pero Oso Grande comenzó de nuevo a hablar.

-Hace muchas estaciones, mi pueblo luchaba contra los Blancos que venían a quitarnos las tierras para construir el Caballo de Hierro, y luego por las piedras amarillas... y yo iba siempre al frente de los ataques, con el penacho de plumas que ves allí, con el que me conociste cuando llegaste...

Pluma blanca estaba desconcertado: jamás le había hablado antes de su pasado guerrero, ni de las luchas con los Blancos... Oso Grande continuó.

-En uno de esos ataques, me enfrenté a uno de sus jefes. La lucha fue dura, gastamos las balas de nuestras armas y, aunque estábamos ambos heridos, continuamos.

La mirada de Oso Grande era evocadora. En su mente se veía joven otra vez, arrojando el arma descargada mientras sacaba el tomahawk con la otra mano y se enfrentaba a su enemigo, que también arrojó su arma descargada mientras blandía un Bowie de gran tamaño.

-Eramos jóvenes, duros, y luchamos largo rato... Nos herimos, nos levantamos... pero solo uno debía vivir... y mandé su espíritu lejos. Esas pistolas son las que llevaba, y dos de sus balas me habían dado. Era justo que fueran mi trofeo.

-Padre... ¿no le quitaste la cabellera? -Preguntó Pluma Blanca con gran respeto y admiración.

-Pero bueno... ¿Quién te crees que somos? ¿Salvajes? -Oso Grande se echó a reir- Esa costumbre era de los Blancos, que las vendían en las cantinas por tragos de su Agua Ardiente. Muchos de nuestros pueblos tomaron esa costumbre en venganza... pero los míos y yo, no...

Si el respeto de Pluma Blanca a su padre era grande, ahora era aun mayor... Había sido adoptado por un gran guerrero... un gran honor.

-Para mí sería un alivio saber que estas armas, que han pertenecido a dos grandes guerreros, sean tuyas, y te protejan. Los espíritus saben lo difícil que ha sido ocultarlas estos años de los Blancos, que no nos dejan tener ya armas de fuego, pero no eran para ellos, sino para alguien que las mereciera.

-Pero padre... esas armas han matado a los nuestros sin duda... no quiero tenerlas conmigo.

-Pluma Blanca, hijo... entiendo lo que dices, pero las armas no matan, sino los hombres que las usan... En tus manos no se usarían por maldad, sino para defenderte o proteger a otro... Además... -Oso Grande pensó un momento lo que iba a decir- el mundo de ahí fuera es muy duro, y tú decides si vives como valiente o mueres como cobarde.

-¡Padre! - Pluma Blanca se levantó enervado - sabes que no soy cobarde... enfrenté a los lobos, y al Grizzly, salvé a tu sobrina cuando cayó en el barranco... Pero esas armas... si ni siquiera se usarlas.

-Pero yo sí –Dijo Oso Grande - y si bien nunca fui muy bueno con ellas, al menos algo te enseñaré.

Ambos hombres se miraron... Padre e hijo, maestro y alumno...

A la mañana siguiente cabalgaron varios kilómetros hasta una zona cerca del cañón, donde los disparos no se oirían tanto, y comenzaron las lecciones del uso de los revólveres. En honor a la verdad, Oso Grande no era un gran experto, pero al menos pudo explicarle los rudimentos de cómo usarla, apuntar, disparar... Con poca fortuna, que Pluma Blanca no parecía tener buena puntería.

-No, no, hijo... debes apuntar mirando por aquí y a lo lejos ver a tu enemigo - le decía mientras señalaba uno de los brazos de un cactus.

Enemigo... Pluma Blanca recordó su infancia, la mina, los bandidos, su madre... miró por encima del caño del arma, vio al bandido (el cactus) y le disparó a la cabeza.

El brazo del cactus fue arrancado violentamente, mientras en su mente veía la cabeza de alguno de los bandidos aquellos reventar como un melón... Oso Grande le miró con sorpresa, miró a sus ojos... y vio un sentimiento nuevo: Venganza.

-Escucha, Pluma Blanca... Recuerda que las armas son para defenderte o buscar comida, no para la venganza... - el joven asintió – y, por cierto, observo que tu mano derecha sigue molestándote.

Era cierto. Recordemos que las manos de Tommy quedaron muy despellejadas y laceradas por la explosión. Si bien se habían curado, tenía zonas de piel muy tensas en su mano derecha que no le molestaban para coger un cuchillo o tensar un arco, pero ahora le estorbaban en la posición de sus dedos en la culata y el gatillo... eso le hacía lento y, por ende, una futura víctima.

-Creo que ya es tarde para tu marcha, es casi invierno... en primavera será buena época, y mientras podrás ejercitarte y mejorar tus manos. –Le dijo Oso Grande mientras preparaba los caballos para la vuelta.

Y así fue... el resto del invierno se lo pasó Pluma Grande con el cinto puesto y practicando la forma de sacar y meter las armas de las pistoleras... cada vez lo hacía más rápido.

En un par de ocasiones, los Comancheros se acercaron a comerciar... y se dejaron tentar por varias partidas de finas pieles... Como resultado, una gran cantidad de cajas de municiones cambiaron de manos, a pesar de estar prohibido para los indios... Así, Pluma Blanca pudo seguir practicando con las armas.

Respecto a sus manos, el anciano chamán preparó sebo de diversos animales con alguna que otra extraña hierba y le hizo un ungüento que Pluma Blanca se ponía un par de veces al día, envolviendo sus manos en pieles... La piel de sus dedos se suavizó por el efecto del sebo, fueron ganando en flexibilidad y para cuando llegó la primavera, podía enfundar y desenfundar a la velocidad del rayo.

Tanto fue la cosa, que un día Oso Grande le dijo que como siguiera así, debería llamarse Manos Rápidas.

Tras los meses de invierno, llegó la primavera, y Pluma Blanca se preparó a partir: tras coger algunas de las cosas necesarias para su nueva vida, ajustarse el cinto con los revólveres y elegir un buen caballo, se dispuso a despedirse de Oso Grande.

-Padre, te echaré de menos -le dijo mientras le miraba a los ojos.

-Hijo, ahora eres un águila que debes volar sola. Ten cuidado en el mundo de los Blancos. - Y a pesar de su comportamiento hierático, Oso Grande se abrazó a Pluma Blanca, para sorpresa de algunos de los que allí estaban, que nunca habían visto a su jefe tan sentimental.

Quien sí estaba conmovida era Luna Llena, la hija de Oso Grande. No sabemos porque, aun no había sido pedida como esposa a pesar de su belleza. Sin duda pesaba ser la hija del caudillo de la tribu... Para sorpresa de su padre y de Pluma Blanca, se aferró a él llorando.

Oso Grande se sorprendió... Se preguntó si Luna Llena no tenía algún sentimiento más profundo por Pluma Blanca.

-Escucha hijo, aquí tienes algún dinero de los Blancos... Para nosotros no tiene gran valor, pero a ti te ayudará a comenzar a vivir entre ellos. Ten cuidado, y no te preocupes por nosotros... Los lakotas somos fuertes, a pesar de que los Blancos quieren volver a movernos a otra reserva más lejana.

Pluma Blanca tomó las manos de Oso Grande y con un gesto de asentimiento como despedida, se volvió al alazán elegido, montó y, con un medio galope, se alejó en dirección al poblado Blanco.

Atrás quedaba una parte de su vida, una buena vida a pesar del desprecio con que alguno le había tratado. Pero también quedaba el cariño de Oso Grande y de algunos otros... y un bonito recuerdo de Luna Llena.

Quedaban varios días de camino hasta comenzar su nueva vida.

Tres días más tarde, Tommy entraba en un pueblo cercano, pero no pudo hacer una entrada más aciaga, puesto que un par de carromatos llevaban a cinco cadáveres.

Al parecer, un grupo de bandidos encabezados por un tal Peter había intentado atracar una diligencia con escolta que llevaba valores del Estado... Si bien no habían conseguido su objetivo, cinco de los escoltas habían caído, y la maltrecha diligencia pudo salvarse por la presencia de un grupo de soldados que iban de camino a una de las reservas.

A pesar de tan agorera entrada, para Tommy fue un espectáculo ver las calles del pueblo, los edificios, las personas... recuerdos dormidos de cuando pequeño volvían a su mente, entre otros ya conocidos por el lector, y a la vez, más dolorosos.

Su presencia no era tan extraña para los que le miraban. Su cabellera rubia llamaba la atención, pero Oso Grande había tenido la precaución de darle ropas de Blancos que tenía guardadas resultado de algunos tratos comerciales con Blancos y Comancheros... De esa forma, su aspecto no era tan “indio”...

Huelga decir que los revólveres en sus caderas provocaban que más de uno agachara la cabeza con precaución.

Se encaminó a uno de los edificios, que resultó ser un salón o bar, ató su caballo a la entrada y, con su hato a la espalda, entró.

Una mezcolanza de voces, música de piano, sonido de botellas y vasos y extraños olores asaltó a Tommy. Sin saber que hacer se encaminó a la barra, donde estaban varios parroquianos bebiendo.

El camarero le miró de arriba abajo... Este forastero parece un aindiado.

-¿Agua Ardiente? - Le preguntó a Tommy con un deje de socarronería.

Tommy no supo que decir... nunca había bebido alcohol y, por supuesto, no estaba familiarizado con otras bebidas.

-Sí señor, lo que sea para quitarme la sed. -Repuso, sin saber muy bien cómo actuar.

-¿Qué te trae por estas tierras de muertos? -Preguntaba el camarero mientras le servía un vaso de algo que bien podría ser matarratas, líquido de limpiar madera o aguardiente.

Tommy no tuvo tiempo de contestar cuando una voz perteneciente a uno de los parroquianos cercanos en la barra le interrogó.

-Eh, joven... ¿sabes usar eso que llevas colgado a la cintura?

Tommy se volvió y miró al tipo alto que estaba a un par de metros de él.

-Sí, señor... Sé defenderme.

-¿Lo puedes demostrar, chico? -inquirió el tipo con una sonrisa lobuna.

-Señor... ¿Hay alguna razón por la que deba mostrarle como uso esto? Si es así, explíquemelo. -Repuso Tommy con cierta precaución.

El tipo le miró de arriba abajo, tomó un sorbo de su vaso y dijo:

-Tranquilo amigo, mira aquí - con una mano levantó la solapa izquierda de su abrigo, donde brillaba una estrella de metal. - soy el sheriff, y busco ayudantes para defender la justicia en el pueblo... el viejo Jim ha caído en el asalto a la diligencia, y hay una vacante.

Tommy se tranquilizó un poco.

-Señor, disculpe si he sido un poco descortés... Me llamo Tommy y sí, acepto el trabajo.

El Sheriff le miró fijamente y mientras encendía un cigarro, le soltó una perorata sobre la justicia, la ley y el trabajo de sheriff...

-Y, para finalizar, diré que no es un trabajo fácil... estarás al borde de la muerte cuando aparezcan bandidos, o indios salvajes – la expresión de Tommy se endureció por un momento – y la paga no es mucha. Sobre todo, dependerá de tu habilidad con el revólver cuando llegue el momento.

Tommy asentía... ese trabajo le vendría bien para comenzar... aunque no tenía mucho conocimiento sobre la vida de los Hombres Blancos, el Sheriff parecía decente y seguro le ayudaría.

-Escuche, Sheriff, habilidad con el revólver tengo... ¿Me permite mostrarle en la calle?

Ambos salieron al exterior, seguidos por alguno de los que se encontraban en el salón, que no querían perderse el espectáculo... Quizás la cosa acabara en un duelo a tiros...

-Señor, saque una bala. –El sheriff cogió una bala de su cinto y miró interrogante a Tommy – y láncela al aire, bien alta.

Con gesto poderoso, el Sheriff lanzó la bala... y un gesto borroso de la mano de Tommy indicó que había desenfundado, disparado y vuelto a enfundar, mientras se oía la detonación y la bala se fragmentaba en el aire...

Un momento de silencio... casi nadie había visto la mano de Tommy, solo parte del gesto combinado para la ejecución del disparo... los fragmentos de bala cayeron al suelo.

-¡Demonios! ¿Cómo has hecho eso, chico? -Preguntó el sheriff con un tono de asombro en su voz, mientras a su alrededor se elevaba el murmullo de los testigos.

-Bueno, señor... he practicado mucho. -repuso Tommy sin saber muy bien que contestar.

-Bien, chico... habilidad no te falta; disparar a una bala es una cosa, pero a personas... es otra...

-Imagino, señor, pero si me contrata para el puesto no dudaré en disparar para defenderle a usted o al pueblo. - Contestó Tommy.

-Bien chico, ese es el espíritu que la gente que necesito aquí. -contestó el sheriff mientras entraban de nuevo al salón- y ahora, cuéntame un poco de ti.

Se sentaron en una de las mesas, con unos vasos y una botella, y Tommy comenzó a desgranar su vida, la mina, sus padres, Oso Grande, la reserva... El Sheriff le oía atentamente.

-A ver... esos sentimientos que tienes ocultos en tu interior... ten cuidado, porque suena a venganza... y la venganza no es compatible con la ley. -repuso el sheriff.

-¿Cómo es eso? - preguntó Tommy.

-Si algún día encuentras a los que mataron a tus padres, no podrás matarlos impunemente... deben ser llevados a la justicia, y tener un juicio justo... Quizás acaben en la horca, pero eso lo decide un Juez, no tus revólveres. ¿Entiendes?

Tommy reflexionó durante un momento y, a pesar de la amargura que representaría dejar que otro se encargara de los asesinos de sus padres, entendió que los Hombres Blancos se rigen por leyes, y hay que cumplir... o acabarás al otro lado.

Oso Grande... siempre cumplió las leyes del Hombre Blanco, y su tribu no tuvo problemas con los Agentes de Asuntos Indios, a diferencia de otros poblados donde hubo revueltas.... Seas Blanco o lakota, las leyes están para cumplirlas...

Mientras Tommy reflexionaba, el sheriff le miraba atentamente... sus ojos, la forma de la mandíbula... un recuerdo le asaltó de repente.

-Chico... te pareces a... Escucha, hace unos diez años vino una familia como tantas otras a buscar oro aquí... ya casi no queda nadie de aquella época porque las minas se agotaron, pero... recuerdo a aquella pareja con su hijo pequeño en el Banco... ese día estaba yo allí preparando un envío de oro...

-Señor... ¿Por qué recuerda a esa familia? -repuso Tommy con los ojos muy abiertos.
-Porque el hombre sacó un lingote muy raro y enorme para vender... nunca habíamos visto uno así... escucha... ¿No serás tú ese niño? -Preguntó el sheriff.

Tommy había enmudecido... su padre... el lingote aquel tan grande... recordó aquel día en el pueblo, como fueron de compras... la mina, las galerías...

-Esa familia desapareció de repente. Cuando fuimos a ver dónde andaban, encontramos la casa vacía, y la mina derrumbada bajo montones de escombros imposibles de sacar... Alguien dijo que vio bandidos deambulando por la zona... Eran tus padres, ¿Verdad?

-Si... -Tommy se enjugó una lágrima furtiva que se deslizaba por las mejillas. –Quizás algún día pueda hacerles justicia.

-Podría ser... los caminos del Señor son inescrutables, pero... recuerda... justicia, no venganza.

Un rato más tarde, Tommy se encontraba en la oficina del Sheriff, mirando todo a su alrededor, mientras le preparaban los papeles que lo certificaban como agente de la ley...

En una pared había una serie de dibujos de personas buscadas... los típicos carteles de recompensa... algunos especificaban claramente, que debían ser entregados vivos; en otros... vivos o muertos.

Uno de los dibujos le llamó la atención... un rostro, un gesto, y un nombre: Peter... de nuevo los recuerdos afloraron a su mente.

-Fue este... -El tono de voz de Tommy era duro...

-¿Qué fue? –Dijo el sheriff mientras miraba el cartel que había despertado la curiosidad de Tommy.

-Que este fue el que mató a mis padres. –La ira se notaba en la voz de Tommy.

El Sheriff entendió... Efectivamente, Peter había sido el artífice de la muerte de sus padres... Pero el cartel indicaba "entregar vivo", así que se dispuso a "leer la cartilla" a su nuevo ayudante.

-Escucha Tommy... -dijo mientras le entregaba una estrella de plata- Entiendo que quieras acabar con ese bandido, el tal Peter... hace dos días acabó con Jim, que llevaba conmigo como agente más de diez años, pero... el cartel dice claramente "entregar vivo", así que... recuerda: nos pagan por salvaguardar la ley, no para ser asesinos, ni siquiera en nombre de la Justicia o la venganza.

Tommy asintió... si era agente de la ley, debía comportarse como tal, aunque tuviera ganas de mandar al infierno a aquel tipo.

-Y esto me recuerda, chico... aquella mañana en el Banco... ¿Qué hicieron tus padres con el lingote? -preguntó el sheriff.

-Pues... no se... creo que lo vendieron. -repuso Tommy dubitativo.

-En tal caso... el dinero estará aun allí... Vamos, al Banco- dijo el sheriff cogiendo su sombrero y tirando de un asombrado Tommy.

Efectivamente, había una cuenta a nombre de su padre... el banquero era ya muy viejo, próximo a retirarse, pero recordaba perfectamente aquel famoso lingote tan pesado... miró a Tommy... si, se parecía a aquel tipo un poco...

En resumidas cuentas, tras un rato de preguntas y respuestas, consulta de papeles y legajos y comprobación de algunas cosas, Tommy se encontró poseedor de una cuenta en el Banco con 3500 dólares más los intereses por los nueve años del depósito del dinero... era una cantidad respetable.

-Chico, ese dinero te permitirá empezar aquí... si no quieres trabajar conmigo, podemos romper los papeles, me devuelves la estrella y...

-No... Sheriff, del lado de la ley es la única forma de ayudar a encontrar a esos tipos, y enjuiciarlos. El dinero no importa...

El sheriff le miró con atención... que poco valor le daba a aquella fortuna que le había caído en sus manos, y que valor le daba a la justicia.

-Sheriff... no se preocupe... daré buen uso a la estrella que me ha dado.
-Lo sé, chico, y me siento orgulloso de haberte elegido, pero recuerda: deja ese sentimiento de venganza y odio que tienes contra ese bandido, porque nada bueno viene del rencor... y ahora, vamos a buscarte alojamiento.

Pasaron unas semanas... Tommy tenía un cuartucho en el piso de arriba del salón, y además a precio especial por ser agente de la ley y por ser "el tipo que partía las balas en dos de un disparo".

En ese tiempo, Tommy aprendió rápidamente el oficio de agente de la ley, y tuvo que intervenir en algunas disputas de borrachos, ayudar a escoltar sacos de valores, interrogar a testigos de algunos casos que acabarían ante el Juez... y mil cosas más, algunas insignificantes, que formaban en su conjunto el oficio de agente de la ley.

Aquella mañana, un tipo extraño se paseaba por el pueblo con la cabeza gacha... preguntaba por el médico del lugar...

Alguno vio algo sospechoso y avisó a Tommy, que se hallaba esa mañana en la oficina, ya que el sheriff se encontraba investigando un robo en una de las haciendas vecinas... Un robo que había acabado en tiroteo con heridos, incluyendo alguno de aquellos malnacidos...

Porque para eso ese personaje buscaba al médico... su jefe había sufrido un disparo en la pierna, pero la bala estaba muy profunda y necesitaban a un médico de verdad.

El vecino que estaba en la oficina contándole a Tommy sobre el forastero posó sus ojos sobre los carteles de "Wanted"... y abrió unos ojos como platos al reconocer en uno de ellos al tipo.

Era uno de los integrantes de la banda de Peter...

Tommy tomó la decisión: si el sheriff no estaba, él era el representante de la ley, así que se colgó el cinto con sus pistolas, tomó el sombrero y se dirigió rápidamente a la casa del médico...

Llegando, vio como el médico salía de la casa empujado por el tipo... definitivamente, no iba por voluntad propia.

Tommy, al más puro estilo indio, saltó del caballo estando este todavía galopando... Una vez recuperado el equilibrio, se dirigió al bandido:

-¡Alto en nombre de la ley! Queda arrest...

No le dio tiempo a terminar la frase cuando el bandido dio un empujón al médico para quitarlo de en medio, desenfundó su revólver y comenzó a disparar en dirección a Tommy... No tenía muy buena puntería, pero las balas pasaron cerca.

Tommy miró fijamente al hombre... podía ver su rostro, un rostro que jamás había olvidado... Que fácil sería acabar con él... es en defensa propia, no tendría problema con el sheriff... No... Soy un agente de la ley, y este hombre vendrá vivo para ser juzgado.

Y desenfundó a gran velocidad... Apuntó, disparó, "abanicó" el revólver y volvió a disparar...

La primera bala perforó la pantorrilla izquierda del tipo... trastabilló y cayó de rodillas pero sin soltar el revólver... de todas formas no hubiera tenido tiempo de disparar, ya que la segunda bala le perforó el hombro derecho, haciendo que soltara el arma... Un grito de dolor animal se dejó oír...

Tommy se acercó al tipo... sí, era uno de ellos... comenzaba a estar en paz con su pasado...

El tipo fue conducido a la oficina y encerrado en una de las celdas... Pasado un rato, apareció el sheriff, el médico y dos ayudantes más... Mientras el médico curaba las heridas del tipo, Tommy departía con el sheriff.

-Bien, chico... uno menos de la banda de Peter... y por lo que veo, uno menos también de tu pasado. -El sheriff encendió un tabaco y dio una calada voluptuosa...

-Sí, Sheriff... uno menos. Además, seguro que conseguimos sacarle información sobre el resto de la banda. -Dijo Tommy.

-Puede ser... Por cierto, la oficina del gobernador ofrecía recompensa por estos tipos, pero al ser tan molestos y haber provocado tantos desmanes estos años, la hizo extensiva incluso a los agentes de la ley...-

El Sheriff miró a Tommy con gesto alegre- Eso quiere decir que la recompensa es tuya, chico.

-¿Mía?... pero... solo hice lo que debía. -Tommy estaba confuso.

-Lo sé, pero... mira, alégrate y embólsate esos 500 que ofrecían por él... date un capricho, o unos buenos tragos o... bueno ¿Es que debo explicarte como debes divertirte? -La socarronería del Sheriff aumentaba por momentos.

En ese momento oyeron un gran tumulto fuera... los dos hombres se miraron y salieron corriendo con las armas dispuestas.

El espectáculo que vieron era impresionante: más de la mitad del pueblo se había congregado a las puertas de la oficina gritando, vociferando, maldiciendo...

Evidentemente, siguiendo la Ley de Linch, el pueblo quería acabar con el bandido ya, sin miramientos, puesto que las fechorías de la banda de Peter se habían prolongado por años y era la primera vez que había caído uno de los suyos... el pueblo clamaba venganza.

El Sheriff se preparó para hablar, pero no tuvo tiempo... Tommy se le adelantó:

-¡A VER! ¡OIDME TODOS!... - Comenzó a bajar el vocerío hasta convertirse en un murmullo de fondo.

-Todos queremos que este tipo pague sus crímenes, pero para eso están las leyes... No somos asesinos ni nos tomamos la justicia por nuestra mano -La voz de Tommy era enérgica, vibrante.

Las gentes se miraron unos a otros... el poder de la masa es enorme, pero si la masa duda, poco a poco entra en razón... aunque alguno no pase por el aro... Uno de los presentes se adelantó.

-Sí, claro, para ti es fácil decirlo... Pero ha sido a mi padre a quien han matado hace unos días cuando escoltaba la diligencia... Que vas a saber tú de eso.-Dijo con un tono despreciativo.

A Tommy se le puso un velo rojo delante de sus ojos... que él no sabía nada, decía... Mirando fijamente al tipo que había hablado (que el lector intuirá ya que era el hijo de Jim, el ayudante que había muerto el día que Tommy llegó al pueblo) se acercó a él con paso rápido, lo cogió de la camisa y prácticamente lo levantó en vilo.

-¿QUE NO SE NADA? ¡QUE SABRAS TU! Mira al tipo de ese cartel de "Wanted"... ¿Lo ves? –El hijo de Jim miró al cartel con los ojos desorbitados, mientras sus pies apenas rozaban el suelo- Es el jefe de ese que está ahí dentro en el calabozo, y hace nueve años mató a mi padre, violó y mató a mi madre y destruyó mi vida...

El acento de Tommy era amenazador... el hijo de Jim sudaba y temblaba mientras las manos de Tommy lo sostenían.

-¿Qué te crees? ¿Qué no quiero verlo muerto? Tanto o más que tú, pero somos agentes de la ley, y debemos cumplir y hacer cumplir. –soltó al hombre con un empellón- Si quieres matarlo hazlo, pero... después serás tú el que acabarás en un cartel como ese...

El silencio hacía daño en los oídos... Todos se miraban y entendían... lentamente, uno a uno, fueron dándose la vuelta y yendo cada uno a sus quehaceres... algunos miraban al nuevo ayudante del sheriff con un renovado respeto.

Esa noche, en la cantina, el sheriff bebía y reía animadamente, acompañado de algunos amigos y de Tommy, que se había convertido en la celebridad del día...

A la mañana siguiente acertó a pasar por allí un juez que se dirigía a un nuevo destino... Por supuesto, el sheriff le preguntó si podría hacer un juicio rápido ya que estaba de paso y éste, viendo que no entraba en conflicto con la jurisprudencia ni con su jurisdicción, aceptó.

Un par de horas más tarde, el caso fue visto para sentencia... las pruebas eran abrumadoras, así que el bandido fue sentenciado a la horca... A las afueras del pueblo, en un árbol muerto que allí había, acabó sus días.

El sheriff entró en su oficina, fue a la caja fuerte y sacó 500 dólares del dinero que el estado destinaba para los funcionarios... el dinero de la recompensa... ya lo reclamaría más tarde a Gobernación... con un gesto teatral, puso el fajo de billetes en manos de Tommy.

Este miró el fajo de billetes... tanto dinero por ayudar a quitar una vida y tan poco para poder borrar lo que le pasó a sus padres... Miró al Sheriff y le dijo.

-Escuche... es justo que usted también tenga una parte, al fin y al cabo es el sheriff.

-No Tommy, no... tú lo hiciste, tú lo cobras. Así que ve al banco, ingrésalo en tu cuenta y si quieres agradecerme todo esto, invítame a una copa más tarde...

Una media hora después, estaba Tommy en el banco esperando a una de las ventanillas cuando la puerta del despacho del director se abrió... Miró hacia donde estaba Tommy, y se acercó.

-Hola agente, ¿Qué tal? -Le preguntó mientras se ajustaba sus antiparras.

-Bien señor, a efectuar un ingreso en mi cuenta.

-Perfecto, joven, pero antes... ¿Puede pasar un momento a mi despacho? - le dijo mientras hacía un gesto con la mano señalando la puerta.

Entraron. El banquero se acercó a su mesa, cogió unos papeles, miró a Tommy y le dijo:

-Bien, tengo aquí uno papeles que eran de su padre. Es un contrato de compra de la concesión de la mina que tenía.

Tommy se quedó perplejo... la mina y la casa... De nuevo los recuerdos afloraron a su mente.

-El caso es que su padre quedó en pagar esa compra en varios plazos al Sr. Simons... su padre pagó una parte y no pudo pagar más puesto que desaparecieron aparentemente por un accidente en la mina. -Se ajustó las antiparras de nuevo.

-¿Dónde quiere ir a parar, señor? -Repuso Tommy algo molesto... que dejaran a sus padres en paz era lo que quería.

-Pues a que legalmente, la mina y la casa serían de nuevo del Sr. Simmons debido al impago, pero existe un problema.

-¿Cuál, señor? –Tommy comenzaba a estar intrigado por todo el asunto, y quería saber más.

-Pues que Simmons se fue al norte a buscar pieles para comprar y vender... y nos consta que un alud de nieve le sepultó... tenemos testigos fiables. –El banquero miraba fijamente a Tommy.

-Bueno, si el tal Sr. Simmons está muerto, supongo que sus herederos se quedarán con la mina y la antigua casa de mis padres.

-Simmons no tenía familia que reclamara nada... o sea, para que lo entienda bien, existe un contrato de compra venta que nunca se ha ejecutado ni cancelado porque el vendedor ha muerto, y los compradores, sus padres de usted, también. No existe heredero por parte del vendedor para reclamar los impagos o la propiedad, así que... tenemos aquí lo que se denomina un "vacío legal"... -El banquero se quitó las antiparras, cogió un puro de un cajón de su mesa y procedió a encenderlo.

Tommy seguía sin entender... sin nadie reclamaba la propiedad, y el único superviviente de todo aquello era él... ¿Podría ser finalmente el legítimo heredero de todo?...

-Señor, entonces... ¿Qué hacemos con la propiedad? ¿Pertenece a un difunto? ¿Al Banco?... ¿A mí? – Preguntó Tommy sin saber muy bien cuál iba a ser la respuesta.

-Pues la solución puede ser bastante fácil... Como legítimo heredero de sus padres, podría reclamar la propiedad pagando las deudas, pero Simmons está muerto... las únicas deudas podrían ser las comisiones bancarias por los impagos no realizados, el cierre de la compra venta, impuestos... papeleo... -El banquero comenzó a hacer números...

Bancos... siempre ganan algo, incluso cuando no tienen nada que ver, se sacan de la chistera comisiones, valores, aperturas y cierres de operaciones... y eso que en aquellas épocas no había tantas opciones de endeudarse con los bancos como hoy día...

Tras un rato de hacer números, el banquero miró satisfecho el resultado...

-Joven, por lo que puedo deducir de las cantidades y los años pasados, además de los intereses... si mi vista no me engaña, la cancelación de todo podría elevarse a unos ochocientos dólares... -Se quitó las antiparras y las guardó en un bolsillo de su chaleco- En caso de no querer o no poder cancelar la deuda, el Banco se quedará con la propiedad para compensar dichos gastos, bien con el valor de la propiedad, bien por subasta de la misma... ¿Qué me dice, joven?

Ochocientos dólares... Ochocientos dólares y recuperaría lo que fue de sus padres, lo que provocó sus muertes, lo que cambió su vida para siempre... miró la cartera con los 500 ganados de la recompensa, recordó el dinero que sus padre había depositado en la cuenta... asintió...

El banquero comenzó a rellenar papeles... poner cuños y firmas, pasárselos a Tommy para que firmara... y un rato más tarde, Tommy era ochocientos dólares más pobre pero... había recuperado parte de su pasado... el presente había mejorado, y en cuanto al futuro... estaba a punto de suceder grandes cosas...

-Ejem, ejem... Un carraspeo bien ejecutado por parte del banquero despertó a Tommy de su ensoñación.

-Me pregunto... No es momento, pero... ¿Sabe si su padre tenía más lingotes de aquel oro?... Quedamos en que traería más, pero por desgracia no tuvo tiempo.

Tommy pensaba... se trasladó a aquellos días... su padre con la lingotera... aquellas tablas sueltas bajo una caja en la futura cocina, los sacos...

-Joven... ¿Se encuentra bien? –El banquero le miraba con preocupación.

-Si... si... solo que... pensaba en mis padres y en todo lo que ha sucedido –Repuso Tommy disimulando lo que en verdad estaba recordando.

-Claro, claro, muchas emociones para un solo día... De todas formas, si recuerda algo o sabe si había más, no deje de venir a verme –Le decía el banquero con una gran sonrisa mientras Tommy se disponía a irse.

A dos días de camino del pueblo

El bandido Peter aullaba de dolor rodeado de sus hombres... la bala le molestaba de sobremanera, de modo que todo el whisky del mundo no podía calmarle el dolor que sentía.

Y encima uno de sus hombres había sido ahorcado por ese maldito sheriff... y un ayudante nuevo, más joven que aquel viejo que él mismo abatió con un certero disparo entre las cejas...

Pero no estaba vencido aún... sobreponiéndose al dolor que sentía, anestesiado por el alcohol y algunas gotas de un frasco de láudano que tenía, se levantó, arengó a sus hombres y, subiendo a su caballo, puso rumbo al pueblo seguido de sus hombres.

Por el camino y para aplacar su ira, un par de granjas fueron asaltadas, los habitantes muertos y su dinero robado... además del whisky y de "pasarlo bien" con algunas jóvenes de las granjas, antes de ser asesinadas.

Parecía que los Jinetes del Apocalipsis se acercaban al pueblo...

Uno de los vecinos del pueblo, que estaba revisando unas trampas, vio una de esas escenas... y salió disparado como alma que lleva el diablo a avisar al sheriff...

Se movilizaron... el Sheriff, Tommy, los otros agentes de la ley... se armaron, cargaron sus cananas de balas, comprobaron los percutores, y se dispusieron a cumplir con su deber.

Cuando se acercaron al centro del pueblo, no daban crédito a lo que sucedía: Peter y sus hombres habían entrado tranquilamente al pueblo, parado en la cantina y estaban tomando unos whiskys dentro... con una docena de personas que en ese momento se encontraban dentro como rehenes...

Peter vociferaba y maldecía, gritaba por las ventanas de la cantina que mataría a los rehenes si no aparecía el que había detenido a su hombre días atrás...

Tommy y el sheriff se miraron... lo que estaba haciendo Peter era casi un suicidio, pero... Peter y sus hombres eran muy sanguinarios y peligrosos, de modo que a pesar de encontrarse rodeados en la cantina, podrían llegar a escapar dejando un reguero de cadáveres...

Tommy se adelantó.

-Eh, Peter... ¿Sigues matando gente en las minas? -Gritó con todas sus fuerzas en dirección a la cantina.

Desde dentro, los hombres miraban a aquel loco de pelo rubio que desafiaba a Peter... la época de las minas fue hace mucho tiempo... ¿Quién era ese tipo?

-Vamos Peter, sal aquí y deja a los rehenes en paz... ¿O vas a quedarte ahí dentro atrapado, como tus hombres en la mina el día de la explosión? -Tommy seguía con su desafío, con el odio en su mirada y las manos prestas para desenfundar.

-Tommy, Tommy... chico, escóndete que te van a freir. -El Sheriff no daba crédito a la osadía del joven.

Dentro de la cantina, Peter se devanaba los sesos con aquellas frases... y recordó, años atrás... su antiguo ayudante Coyote, la mina, los hombres muertos por los indios, la explosión, el oro que no apareció, el niño rubio que... un momento...

El niño rubio que huyó... Lo entendió todo...

-¡Disparen, maldita sea! -Gritó Peter mientras él mismo, cojeando por la herida, abría las puertas de la cantina y desenfundaba sus dos revólveres.

Se produjo un enorme tiroteo... astillas de madera salían despedidas de las puertas y paredes de la cantina y los edificios aledaños... Los hombres del Sheriff, Tommy incluido, se habían puesto a cubierto ante la ferocidad del ataque...

-¡Alto, alto! -El sheriff gritaba a sus hombres - ¡Hay rehenes ahí, no disparen! -una bala rebotó cerca de su cara, y notó las astillas rozándole.

Peter y sus hombres se dieron cuenta de que gracias a los rehenes el tiroteo había parado... Aun así, uno de sus hombres estaba herido y otro con los sesos fuera de un balazo de rifle... quizás se había metido en una trampa él solo, movido por su orgullo y sentimiento de invencibilidad.

Fuera, los agentes de la ley esperaban... sabían que saldrían, y entonces sería el momento.

Y fue el momento... Peter y sus hombres salieron... cada uno con un rehén por delante, apuntados a la cabeza por sus armas... el cantinero, el viejo Ben, la camarera, Tuerto Adams y alguno más... el Sheriff se dio cuenta que no podía hacer nada, debía dejarlos ir...

De todas formas, El sheriff y Tommy salieron a hurtadillas de sus refugios y, flanqueando la cantina, corrieron a lo largo del pueblo hacia la salida... intentarían hacer algo si tenían la oportunidad...

En el interín, los bandidos habían subido con sus rehenes en sus monturas, y se dispusieron a salir cabalgando por la otra punta del pueblo... talonearon a sus caballos y enfilaron la salida...

Esa parte del pueblo estaba vacía... todo el mundo o bien estaba encerrados en casa asustados, o bien los de mejor ánimo estaban en las cercanías de la cantina por si podían ayudar o para cotillear mejor... esa zona era sitio seguro para huir.

Peter gritó a sus hombres entre el ruido de los cascos de los caballos:

-¡Vamos a escapar! ¡Tiren a los rehenes, el peso nos retrasará! -Y mientras esto decía, arrojaba al cantinero de su montura de un empellón.

Los rehenes acabaron todos en el suelo, con algún golpe mal dado, algún hueso roto, pero vivos. Libres del peso extra, los seis caballos aceleraron de sobremanera para salir del pueblo...

Y frenaron bruscamente... Dos figuras se hallaban a la salida, con Winchesters en las manos, apuntando... el sheriff y Tommy, al más puro estilo O.K. Corral, se disponían a parar aquello, con sus vidas si era necesario.

Peter parpadeó incrédulo... ¿dos tipos le iban a detener?... Se dispuso a ordenar que avanzaran al galope y atropellaran a aquellas figuras, pero no tuvo tiempo.

Por encima de sus cabezas se oyó una serie de "clicks"... al levantar la vista, vieron que de los pisos superiores de las casas de aquella parte del pueblo, varias personas les apuntaban con sus rifles... no era posible que aquella manada de borregos le hiciera frente a él, a Peter... incluso vio a un viejo con un rifle de chispa tan antiguo que parecía un mosquete de la época de los conquistadores españoles...

Tommy soltó el rifle, pero sus manos estaban alerta...

-¡Tiren las armas! ¡Ríndanse y tendrán un juicio justo! -El sheriff cumplía escrupulosamente con la ley.

Una sonrisa burlona y despectiva asomó a los labios de Peter...

-Rendirnos... No... ¡Moriremos como hombres! -Su mirada, como la de un buitre, medía a los dos hombres que tenía delante.

-¡Como hombres no! ¡Como asesinos! -Tommy le miraba fijamente. -No tienen opción... bajen de los caballos y entréguense.

Uno de los hombres de Peter, uno muy nervioso de gatillo fácil, hizo ademán de desenfundar... sería un tiro fácil si el maldito caballo no se moviera...

Eso pensaba... y dejó de pensar...

Al inicio del gesto, antes de que el sheriff se preparara, y los otros hombres que apuntaban se dieran cuenta, aquel chico rubio, el otrora conocido como Pluma Blanca, que había sido rebautizado por su padre Oso Grande como Manos Rápidas un día que practicaba con los revólveres, hizo honor a su nombre.

Con un rápido gesto, desenfundó sus dos armas y, disparando de gatillo, sin "abanicar", diez detonaciones acabaron con la vida de los cinco hombres que estaban a los lados de Peter... dos balas para cada uno... una para matarlos, y otra por si acaso...

El silencio se hizo, solo interrumpido por el piafar asustado de los caballos, ahora sin jinetes... solo quedaba Peter... mirando a ese maldito rubio...

¿Qué se siente cuando se es consciente que te has equivocado? Que has ido al sitio incorrecto... que tomaste una mala decisión que te va a costar la vida...

Tendría que haber ido a otro pueblo a por un médico... incluso a la reserva, que los indios ya no tenían armas de fuego... hasta un chamán de aquellos le habría podido curar... y ahora estaba ahí solo...

-Peter... déjalo ya... desmonta y vámonos, tendrás un juicio justo... -el sheriff intentaba que no hubiera más muertes.

-¿Justo? Nadie va a juzgarme... -Y mientras hablaba, su mano derecha, fuera de la vista de todos, amartillaba un arma... Se dirigió a Tommy- ¡Eh, rubio! Ven conmigo al infierno.

Y diciendo esto, a una velocidad pasmosa, sacó el arma y apuntó a Tommy.

No llegó a apretar el gatillo... las dos últimas balas de los revólveres de Tommy entraron por los ojos de Peter y salieron por detrás... su cabeza reventó como un huevo y, lenta pero inexorablemente, se derrumbó muerto de su caballo...

Con la ley en la mano, los padres de Tommy habían sido vengados...

Aquella mañana, Tommy no aparecía por ningún lado... Mientras, en el pueblo, aún se hablaba de la hazaña, de cómo Peter había acabado sus días... Los que habían ayudado desde los pisos superiores exageraban su participación en los hechos... el viejo McMartin alababa las virtudes de su anacrónico rifle de chispa, provocando las chanzas del resto de los parroquianos de la cantina.

¿Y Tommy?

Se había dirigido temprano a un sitio que no había visitado aún desde que llegó... su antigua casa y la mina...

Durante unos minutos permaneció frente a la entrada de aquella sima en la que jugaba a ser minero... aquella era la tumba de sus padres... en silencio recitó una plegaria lakota a los que se iban con los Espíritus, y luego fijó su atención en la casa...

Veía todo aquel montón de ruinas en que las inclemencias del tiempo habían convertido el esqueleto de su antigua casa... paseó por lo que había sido la parte delantera... miró a través de las troneras que antes eran las ventanas... dio un empujón a la desvencijada puerta, y entró...

En su mente se fundían las imágenes de su infancia allí, y lo que era ahora... el lugar donde su madre colocaba las provisiones, el sitio donde su padre se sentaba a descansar....

Algunos troncos que no llegaron a usarse, algún animal moviéndose ante el intruso que había llegado... y en una esquina, unas cajas de madera que habían servido para transportar provisiones...

Movió las cajas, que se desmontaban a trozos de podrida que estaba la madera, y reveló una parte del piso con unas tablas desparejadas... Con emoción, dio un fuerte tirón a uno de los pedazos de madera y...

Una serie de sacos en un espacio oculto a las miradas reveló lo que había provocado la muerte de sus padres... Oro en lingotes...

Sonrió... su caballo era fuerte, sin duda podría con el peso de todo.

El director del Banco se encontraba rellenando unos formularios y pensando ya en el poco tiempo que le quedaba... se retiraba, dejaría de pensar en temas financieros y se dedicaría a sus plantas y...

Sus ensoñaciones fueron bruscamente interrumpidas por un jolgorio fuera del local... Demonio, ¿Había alguna fiesta hoy?... Se ajustó sus eternas antiparras y se dispuso a salir del despacho.

Cuando abrió la puerta, se encontró a Tommy empujando una carretilla con una serie de sacos dentro... Una multitud se arracimaba alrededor de él...

-Joven, ¿Qué está haciendo? –Repuso el banquero.

Sin decir palabra, Tommy volcó la carretilla... los sacos cayeron al suelo con un fuerte sonido metálico y alguno de ellos, desgarrado, mostraba un fulgor amarillo en su interior...

El Banquero sonrió...

-Ya sabía yo que ese silencio hace unos días iba a traer más oro aquí...
-Si señor... así que póngalo en la cuenta de mis padres y luego hablaremos de negocios... -Repuso Tommy con una sonrisa.

El sheriff y Tommy compartían una botella de whisky en la cantina.

-Bueno, Tommy Manos Rápidas... eres el héroe local- El sheriff dio una larga calada a su cigarro.

-Nunca pretendí ser un héroe, solo hacer justicia por mi familia. -Como siempre, Tommy huía de lisonjas y reconocimientos.

-Ya, ya, pero... ¿sabes qué? Creo que me estoy haciendo mayor para este trabajo... es hora de retirarme antes que algún Peter me levante la tapa de los sesos. -El sheriff miró a Tommy de soslayo.

-¿Vendrá un nuevo sheriff? -Preguntó Tommy.

-No... ya vino hace tiempo... - Una nueva calada al cigarro -Enhorabuena, Sheriff Tommy.

Tommy parpadeó... le estaba ofreciendo el trabajo de Sheriff... un buen trabajo, que ahora sería más tranquilo porque se había corrido la voz de lo sucedido, y muchos amigos de lo ajeno habían preferido "emigrar" a sitios donde no hubiera un rubio que manejara los revólveres como el mismo diablo.

-Pues... sí, claro... le agradezco la oferta, pero... ¿Y usted que va a hacer?

-Bueno, chico... podría comprar un terrenito y criar algunos animales... o plantas, como el banquero... o quizás...

-¿Y por qué no trabaja para mí?- Le interrumpió Tommy -Tengo una casa, y un terreno con la antigua mina... necesitan cuidados, y alguien al frente que le de esplendor... alguien de confianza...

-Esto... -El sheriff estaba atónito- No sé que decir... gracias por la confianza...

-Usted también confió en mí... Escuche, sabe que tengo dinero, y ahora con los lingotes, mucho más... Mientras yo hago de sheriff, encárguese de todo... mande reconstruir la casa, y amplíela... intente abrir la mina con una brigada de obreros, y... -la mirada de Tommy se aguó...

-Y si encuentra a mis padres en el interior de la mina, hágales dos tumbas como se merecen... ¿Me ayudará, sheriff? –Tommy se quedó esperando la respuesta.

-Claro, chico... una jubilación perfecta, en el campo, construyendo una casa... Cuenta conmigo, ¿Cuándo empezamos? –El sheriff estaba entusiasmado.

.-Bueno, si vamos al Banco le haré un poder para que disponga de dinero para las obras... es que me voy a ausentar unos días.

-¿Dónde vas, Tommy? –Preguntó el aún sheriff con interés.

-Voy a ver a Oso Grande... dentro de poco comenzará la época fría... voy a llevar ropas de abrigo a la tribu, instrumentos, herramientas... estaré unos días con ellos...

Unos días más tarde, Tommy iba en el pescante de una carreta... bien cargada de pertrechos, se dirigía a la zona de la reserva...

En lontananza vio a tres figuras a caballo... eran de su pueblo, sin duda... arcos a la espalda, a caballo, plumas de colores... media vida de recuerdos en la tribu volvió a su mente...

Pero algo no iba bien... uno de ellos estaba agarrando el arco... con gesto medido, cogió una flecha de su carcaj, la puso... tensó el arco, apuntó... y disparó en dirección a Tommy.

La flecha se elevó, llegó a la parte álgida de su trayectoria y se dispuso a bajar.

No llegó a hacerlo...

Una detonación, y la flecha quedo partida en dos...

Los tres indios se miraron... habían visto a gente disparar con habilidad, pero solo uno era capaz de hacer eso... sin duda era Pluma Blanca, que regresaba.

Cuando llegaron al poblado, muchos le miraron con aprensión... el Blanco había regresado... otros que le apreciaban le abrazaron sinceramente... pero en definitiva, todos se quedaron maravillados por los pertrechos que traía en su carreta, que los ayudarían a pasar el invierno.

Oso Grande había dejado su puesto de jefe... era muy mayor, y comenzó a fallarle la vista, así que Igmuwatogla-Tanka (Gran Puma) había sido elegido jefe por los ancianos... No era hijo de Oso Grande, pero era uno de sus sobrinos...

Oso Grande abrazó a Tommy con mucho cariño... había podido volver a ver a aquel hijo que no era suyo antes de que los Espíritus le reclamaran... estaba feliz.

Alguien más estaba más que feliz de verlo... Luna Llena, la hija de Oso Grande, no paraba de revolotear nerviosamente alrededor de Tommy... que chica, la verdad es que la había echado de menos en los meses anteriores... quizás podrían...

Una semana más tarde, Tommy se despedía del poblado, prometiendo que regresaría tras el invierno... Oso Grande juró por todos los Espíritus que su hora aun no llegaba, y que le vería en primavera.

El caso es que Tommy no volvía solo al pueblo: Luna Llena iba con él... lo que había sido coqueteo en su juventud, ahora lo veía más profundo con el paso de los meses sin verla... sin duda, serían felices juntos...

Había costado trabajo convencer a los ancianos de dejarla marchar... Además, Gran Puma no simpatizaba con Tommy desde hacía mucho, tal como Oso Grande había predicho... Tras una noche de deliberaciones y mucho fumar en los Tomahawk, los ancianos decidieron que Pluma Blanca, en calidad de Agente de la Ley de los Blancos, podría ayudarles si tenían algún problema... los ancianos sabían que era un buen hombre y, a pesar de ser un Blanco, había vivido por y para la tribu desde que llegó... Decidieron acceder a que se llevara a Luna Llena, a pesar de que no era muy legal desde el punto de vista de los Blancos que una lakota abandonara la reserva...

Aun así, Tommy se preguntaba si la aceptarían en el pueblo... bueno, sería la esposa del sheriff, no les quedaba más remedio... Además, ya se sabía que él era un aindiado, y no les había parecido mal.

Y en estas cavilaciones andaba Tommy cuando oyó un galope furioso que se acercaba... Volvió la vista atrás y vio a una patrulla de soldados... sus uniformes azules se veían grisáceos del polvo del camino... eran una docena aproximadamente... Sin duda, una patrulla de vigilancia.

Los jinetes se acercaron... eran jóvenes, alguno aun imberbe, al mando de un cabo con aspecto más experimentado... Sin duda eran soldados recién salidos de la academia, que habrían sido destinados a algún fuerte cercano para poder foguearse en campaña, coger experiencia y, de paso, vigilar a la reserva cercana.

Luna Llena se aferró a Tommy... algo le decía que todo iba mal, pero una mirada de Tommy le devolvió la confianza.

El cabo se adelantó, miró a ambos, la carreta... escupió un chorro de tabaco de mascar y saliva grisácea (que acertó a darle a un escorpión que había cerca de una piedra) y se dirigió a ellos.

-Eh, tu... chico, ¿Que haces con una india aquí? -Los miró con ojos malévolos.

-Señor, vamos al pueblo cercano... va a ser mi esposa. -Tommy se tensó... miró a los soldados, al cabo... los midió con su mirada.

El cabo se quedó un momento en suspenso... ¿Quién era ese tipo? ¿Es que no conocía las leyes?

-Escucha, chico... los indios deben estar en la reserva, no fuera de ella... eso que queréis hacer es ilegal... Así que no estorbes, porque a ella nos la llevamos de vuelta.

El cabo se adelantó con su montura para intentar agarrar a Luna Llena, pero Tommy se levantó y dio un manotazo al cabo... por debajo de su abrigo asomaron los dos revólveres en sus fundas.

Al verlos, el cabo soltó un juramento, y mientras retrocedía su montura, una señal hizo que los otros once soldados amartillaran los rifles... la situación se había torcido.

-Chico, no vayamos a hacer algo de lo que arrepentirnos -El cabo estaba a punto de dar la orden de disparar.

-Cabo, no cometa un error... si intenta tocar a la mujer, los doce vais a ir al infierno con una bala en la cabeza.

Los soldados apuntaron las armas a Tommy y Luna Llena... Tommy tenía las manos preparadas...

Otro galope cercano distrajo un momento la atención de todos... Un teniente se acercaba, seguido de otra docena de soldados... sin duda se habían quedado atrás mientras el cabo y su patrulla exploraban el terreno.

-¡ALTOOOO! ¿Qué SUCEDE AQUÍ? -la voz del teniente era atronadora.

-Mi teniente, este tipo se lleva a una india de la reserva... se está resistiendo... con su permiso, como se mueva le volamos los sesos. -El cabo quería ser un héroe delante del teniente.

-A ver, cabo... dejen las armas... chico, explícate... ¿Quién eres? -El teniente parecía una persona razonable.

Tommy respiró... de momento no iba a pasar nada...

-Teniente, vuelvo al pueblo para casarme con esta chica... respecto a mí, pues... - mientras esto decía, levantaba la solapa de la chaqueta con el pulgar... la estrella de Sheriff brilló al sol.- soy un agente de la ley.

El teniente miró a Tommy... rubio, sheriff, dos revólveres... y cayó en la cuenta.

-Cabo, déjelos que se marchen... andando.

-Pero teniente, que se lleva a una india de la reserva. -el cabo seguía insistiendo.

-Cabo, como si se quiere llevar la reserva entera, déjalo marchar.

-Teniente, insisto... nos ha amenazado, y...

-Cabo... ¿sabes quién es este hombre? -El teniente iba a explotar.

-Pues... parece que un sheriff, pero la ley dice...

-¡Estúpido! Este tipo es Tommy Manos Rápidas... y si le habéis amenazado, estáis vivos todos de milagro... ¿No sabéis que despachó a Peter y cinco de sus hombres con solo una carga de sus revólveres? Doce balas y no falló ninguna para los seis...

Los hombres se miraron entre sí... durante la última semana la historia había circulado como la pólvora por el territorio... si era él, se habían librado de a poco.

-Sheriff, puede continuar su camino, y disculpe al Cabo... a veces le falta algo de mano izquierda. -El teniente miraba de reojo al cabo, que no encontraba donde esconderse...

-Gracias Teniente, no se preocupe... un malentendido -dijo mientras cogía las riendas y azuzaba a los caballos... el carromato siguió su camino al pueblo...

El Teniente miraba como se alejaban... se volvió al cabo y...

-¡Cabo! A partir de ahora quedas encargado de abrevar a los caballos, y de paso revisa sus arreos... De buena os habéis librado, pero tú vas a tener estas tareas hasta que llegues a sargento... y creo que ya lo has intentado tres veces...

Las risotadas de la patrulla resonaron en el valle...

Tommy regresó al pueblo y comenzó su vida con Luna Llena... para ella todo era nuevo y, si bien alguna persona la miraba mal por ser india, en general todo el pueblo la acogió puesto que estaban en deuda con Tommy.

Con el tiempo, tuvieron dos hijos... años más tarde, uno de ellos sería sheriff, cuando Tommy ya se retiró, y el otro se dedicó al negocio minero, como el abuelo que no llegó a conocer...

La suerte le sonrió y en unas prospecciones, volvió a aparecer oro en una zona cercana a la antigua mina de Willy... Por ello, la corporación encargada de gestionar la mina se llamó Willy Corporation... en honor al que dio su vida.

El día de la inauguración, todos estaban allí... Tommy, ya mayor y pensando en dejar el puesto a su otro hijo; Luna Llena, una señora aún de gran belleza; el antiguo sheriff, un anciano al que ya le costaba recordar algunas cosas...

Tommy rememoró todo lo que había acontecido en su vida... echó de menos a alguien, que ya se había ido con los Espíritus... se oyó un chillido en el aire, y levantó la vista.

Un águila pasó por lo alto de ellos... sin duda, el espíritu de Oso Grande estaba también ahí con él...

Jorge Luis Valdes

www.ingramcontent.com/pod-product-compliance
Lightning Source LLC
LaVergne TN
LVHW050317160826
845677LV00014B/3433

* 9 7 9 8 6 7 8 2 9 2 6 3 6 *